EUROPA LA STRADA DELLA SCRITTURA
Collana di Narratori Contemporanei
diretta da Vera Ambra

Erberto Accinni
Lontano di qua, oltre la pineta

Edizione 2019 © Associazione Akkuaria
Via Dalmazia 6 – 95127 Catania
Cell. 3394001417

www.akkuarialibri.com – info@akkuarialibri.com

1a edizione – Ottobre 2019

ISBN 978-88-6328-330-3

Ristampa 0 1 2 3 4 5 6 7 8 9

Erberto Accinni

Lontano di qua, oltre la pineta
(il mio Ernest)

Edizioni Akkuaria

È difficile scrivere? No, niente affatto. Tutto quello che occorre è un perfetto orecchio, una intensità assoluta, una devozione al proprio lavoro simile a quella di un prete per il suo Dio, il fegato di uno scassinatore e nessuna coscienza tranne che in quello che si scrive: poi è fatta

E. M. Hemingway

Non è stato semplice trovare un titolo adatto. Uno buono avrebbe potuto essere *L'importanza di chiamarsi Ernest*, ma è stato usato da Oscar Wilde, che Dio lo abbia in gloria. Così, in una brutta specie di nemesi, ho rubato il titolo da un suo scritto, *Il Fantasma di Canterville*. Che poi il titolo somigli a uno usato da Hemingway per un suo romanzo è solamente una curiosa coincidenza.

Ho raccontato un sogno, poco importa se a occhi chiusi o aperti. Non era nelle mie intenzioni scrivere verità storiche da biografo, dopotutto nei sogni non ci sono verità storiche ma altre più profonde, ed io non sono un biografo.

Ma non si può né si deve inventare tutto; così sono stati utili i suoi scritti in primis, e le biografie e le notizie lette nel tempo, tutto materiale che negli anni ha generato mie riflessioni, che in qualche caso mi è piaciuto attribuire a lui. C'è comunque un vantaggio in questo modo di raccontare: si possono evitare le lunghe sfilze di ringraziamenti per le citazioni da questo e quel biografo, da quella fondazione o da quell'altra associazione. Dialoghi, pensieri e quant'altro è tutta roba fatta in casa.

Eppure, anche adesso che tutto è finito, mi è rimasta la sensazione che alcuni di essi siano essenzialmente veri, o che potrebbero esserlo se non si spacca troppo il capello in quattro.

Forse a volte basta astenersi dal giudicare perché nasca l'empatia utile a comprendere, o avvicinarsi forse anche di un pochino soltanto alle persone e alle loro verità; e questo è molto, poiché non credo sia lecito pretendere di superare certuni confini.

Nessuno al mondo è sempre un libro aperto o è sempre prevedibile o si comporta sempre nello stesso modo e ha sempre le stesse passioni e gli stessi desideri e gli stessi processi mentali, sennò sarebbe una macchina. E occorre comprendere e rispettare questo.

Dando per accettato ciò, ogni diversa situazione o azione o pensiero è sicuramente possibile, anche le contraddizioni.

E allora perché non questo?

Milano, luglio 2019

1 – Le donne

Non lo disse ad alta voce perché sapeva che a dirle, le cose belle non succedono.
(Il Vecchio E Il Mare)

La luce se n'era andata da un pezzo ma non saprei dire da quanto, comunque era notte. C'era silenzio, ma a volte nelle fantasie ci sono silenzi e poca luce e vuoti di spazio e tempo; e, come a teatro, sono illuminati i visi e appena un poco le persone ogni volta che parlano.

Stavolta la luce non era esattamente su noi ma piuttosto al centro fra noi, illuminando quel tanto che basta per farci apparire e vedere in faccia mentre il resto attorno poteva essere tutto o niente: una stanza vuota o con i mobili, uno studio con una libreria alla parete o soltanto una semplice sala di conversazione.

Sporgendosi avanti sarebbe potuto entrare meglio nella luce e avrei visto i contorni del viso e la camicia e il bavero della vecchia giacca di tweed, ma seduto nella poltroncina era immobile, semplicemente in attesa di ciò che sarebbe successo. Solo il viso e la piega ondulata dei capelli sulla fronte vedevo, e più giù le mani bianche. Di me non so cosa vedesse, forse soltanto la faccia, ma nemmeno so quanto gli interessasse guardare me.

Seppur convinto che non fosse una cosa possibile, stava accadendo. Potevo vederlo e parlargli e poteva rispondere, ma soprattutto non pareva seccato per essere con me.

– Ti ho amato davvero. – dissi e volevo blandirlo perché gli fosse facile parlarmi; perché si sentisse disposto anche non volendo farlo – Avevo tredici anni e lessi sull'antologia il racconto del tuo ferimento a Fossalta e ti amai. Dopo lessi anche un racconto di Sem Benelli, un piccolo quadro di un soldato con una ferita grave che non si lamentava e un altro che, poco ferito, si lamentava in continuazione. Hai segnato un'epoca, lo sai, vero?

Non disse nulla, così proseguii.

– Ho sempre amato il tuo scritto asciutto ed essenziale. – continuai senza farmi scoraggiare – Ci sono molti modi per raccontare, e poi c'è il tuo e i tuoi argomenti, spesso diversi da quelli di altri.

– Volevo proprio questo. – erano le sue prime parole e la voce era piacevole; tolse gli occhiali e si passò la mano sugli occhi e poi sulla barba – L'ho anche scritto.

– Sì, è una delle tue frasi che preferisco: *Scrivere quando si sa qualcosa*[1]. L'ho sempre tenuta a mente.

– *Non prima, e dannazione non troppo tempo dopo.* – mi fissò e completò la frase, e tacemmo per un po'. Era difficile avviare la conversazione, forse perché lo avevo desiderato per tanto tempo pur sapendo che era impossibile.

– Dannazione. – dissi – Ti è sempre piaciuto mettere una imprecazione qui e là. Ti confesso che mi piaceva, dava alle tue frasi un senso di trasgressione che nel linguaggio pulito che dovevamo usare a scuola non era consentito.

– Un rafforzativo di quello che stai dicendo, molto vicino al linguaggio reale. Probabilmente nessuno avrebbe avuto da ridire se lo avessi fatto. Non hai mai osato, quindi non dire che non si poteva.

– Forse è proprio così. – ammisi dopo un po' – Mi sentivo fuori posto a osare. A volte volevo, ma non ero mai sicuro di potermelo permettere così ci pensavo e ripensavo e alla fine lo facevo soltanto se ero sicuro del buon effetto.

– E?

– A volte c'era. – alzai le spalle – Altre volte no e restavo a fare i conti con una uscita non felice, chiedendomi quanto

---

1 *Morte Nel Pomeriggio*

potessi essermi coperto di ridicolo.

– Ti importava?

– I tuoi personaggi sapevano cosa fare, come chi segue un codice scritto da tempo immemore; e credevo che anche tu lo sapessi perché scrivevi in prima persona. Eri autorevole e descrivevi con autorevolezza. – annuii – Mi pareva questo. Frederic[2], scappando dai carabinieri che lo hanno arrestato, inciampa e cade nel fiume, poi nuota e si porta fuori dal tiro dei fucili; a Mestre si nasconde in un vagone coperto da un telo cerato e mentre si cala all'interno batte la fronte contro un cannone e si ferisce. È ridicolo no? eppure scritto da te non lo era; e una disavventura come inciampare e cadere nel fiume invece di tuffarsi con stile trasforma un banale particolare in un passaggio che rende autentica tutta la vicenda. È un passaggio forte; per salvarsi occorre fuggire, non importa come, anche inciampando se serve allo scopo: buttarsi in acqua e farsi portare lontano dalla corrente del fiume. C'è un codice anche in questo al quale restare fedeli.

– Scrivere in prima persona produce questo risultato. – si rimise gli occhiali – Chi legge è portato a credere a quello che accade, e pensare che sia accaduto a te che ora lo narri. Descrivere il rapido susseguirsi delle azioni lo lega ai fatti emotivamente. – fece una pausa – È disposto a perdonare qualche pecca stilistica, se non hai esagerato troppo.

– Beh, pensa a un ragazzo desideroso di azioni e fatti che legge e si beve tutto, affascinato.

– Nella vita reale se mi fosse davvero capitato di essere arrestato non credo che sarei fuggito così. – sorrise ironico – Più probabilmente avrei aspettato il mio momento come un dannato idiota per poi spiegare concitatamente le mie ragioni. – fece un gesto con la mano come per allontanare quello che avevo detto.

---

2 *Frederic Henry, il protagonista di Addio Alle Armi*

– Mi son reso ridicolo tante volte. – continuò – Una notte mi tirai in testa un lucernario mentre cercavo di pisciare nel cesso di casa. Eravamo Joyce ed io, e talmente ubriachi che scambiai la corda del lucernario per quella del water e tirai forte facendomelo cadere sulla testa.

– Ho sentito un'altra versione di quell'incidente. – dissi.

– Davvero? – borbottò, e annuii – Beh, perché no? Fu una botta che tranciò due arterie proprio qui sopra, – indicò con la mano – ed è del tutto legittimo che possa ricordare male.

– Quello che intendo, – continuai per sorvolare su quella storia – è la capacità di rendere solenne ogni azione; sei riuscito a descrivere immagini e storie che hanno avuto molti ammiratori e molti emuli.

– Questo è vero. – abbassò la testa – Ma Dio, messe tutte assieme, quante balle!

– Dimmi di Parigi. – dissi – Dove tutto è cominciato.

– Non ora. – mosse adagio la testa – Per la verità credevo che mi avresti chiesto di parlarti di Milano.

– C'è una targa in via Cantù che ricorda la tua presenza nell'ospedale dell'A.R.C.[3]. – dissi, e mi stava bene qualunque cosa di cui volesse parlare.

– Agnes. – annuì adagio e gli venne un mezzo sorriso – Dio Onnipotente, quanto ho amato quella puttana.

– Non dici sul serio.

– No. – ci mise un po' a rispondere – Non era una puttana e fu molto appassionata con me finché restò a Milano e mi ebbe spezzato per bene il cuore; poi fu trasferita alla fine della guerra e mi liquidò per un capitano di Napoli, e dopo scrisse che non mi voleva più. – scosse adagio la testa – Non era una puttana, no.

Guardò a terra in silenzio.

– Come ogni ingenuo bravo ragazzo fiducioso ero pronto

____

3 *American Red Cross*

a voler bene a chiunque mi mostrasse un po' di affetto. Non parlo soltanto delle donne, ma di tutti. Ero un giovanotto lontano da casa che aveva traversato l'oceano per vedere la guerra e fare qualcosa. Era un mondo di uomini: i capitani proteggevano noi tenenti freschi di nomina, e noi volevamo offrire speranza consegnando cioccolata e la posta a ragazzi come noi, provando a mettere un po' di interesse e calore in quel mondo brutale di soli uomini dove succedevano ogni giorno cose poco gentili. I rapporti giornalieri parlavano di dieci, venti, cento soldati morti e di altrettanti numeri da rimpiazzare, ma nulla potevano dire di Giovanni, Riccardo, Giacomo che non c'erano più.

Lo seguivo attento, e approvò con un cenno della testa.

– In un mondo come quello, una donna era quanto di più lontano ci sia dall'indifferenza agli orrori che si subivano; qualcosa di veramente tuo che non eri costretto a dividere con altri, il posto sicuro per tornare a credersi un cristiano finalmente meritevole di un poco di attenzione dopo tutto quello spersonalizzante anonimato. Pensare a loro serviva a trattenere il ricordo di quel mondo fatto di cibi cucinati e biancheria pulita e abiti civili tenuti con cura nell'armadio, da indossare al tuo ritorno. Il loro sorriso lo vedevi in ogni lettera, anche se eri molto stanco; e le carezze e la tenerezza che da tempo avevi scordato le potevi riavere rileggendo le lettere. Una promessa di vita normale dopo quel fango e i pidocchi e la sporcizia e quel cibo, che anche affamato com'eri non ti saziava mai. E la solitudine, l'avvilimento e la paura di non farcela, e infine la promessa di amare la vita se la scampavi da quell'avventura.

Annuì adagio.

– E per me, giovane e ferito che avevo perso immortalità, era il premio fra braccia amorevoli e gentili e soltanto mie dopo essermi guadagnato il mio posto fra gli uomini in guerra. – la bocca prese una piega amara – Gli uomini sono romantici, non le donne. Era insopportabile che dopo tanta sofferenza anche lei te ne potesse dare, lasciandoti solo a patire tutto quel peso.

– Per questo l'hai fatta morire di parto?

Non rispose subito. Accavallò le gambe e mi guardò.

– I personaggi che metti nei libri non sono la trascrizione letteraria di una persona; direi piuttosto di più persone con l'aggiunta di qualcosa di tuo, magari quello che ti sarebbe piaciuto che facessero. – allargò piano le braccia – Avevo una paura maledetta di fottermi la gamba, e lei era l'angelo che si prendeva cura delle mie ferite. Forse non era conscia del fascino che proiettava mentre ero in quella situazione, o lo sapeva e non se ne curava; ma mi fece perder la testa, e ci stette fino a quando non ci stette più. Dovevo togliermela dalla mente e lo feci con un racconto[4]. Il romanzo lo scrissi dieci anni dopo, comunque.

– Era l'unico modo?

– Ogni tragedia deve avere l'epilogo tragico. Non mi volle e per me fu una tragedia. Col tempo imparai a gestire quel tumulto che ti buttano dentro, e riuscii a farle vivere e far morire il protagonista al posto loro, perché la felicità esige un tributo, e comunque non le basta durar poco.

– Parli di Robert Jordan[5]? – domandai – Anche nella sua storia c'è qualcosa di autobiografico?

– Personale; le donne sono una faccenda maledettamente personale. – disse con forza – Le prendi e sono tue, anche se alla lunga non funziona lasciandoti qualcosa di incompiuto; e se non le hai sono un dolore e ancora una volta tuo. Alla fine, in un modo o nell'altro, ti lasceranno un dolore. Cosa altro c'è di così personale?

– Come Brett[6]? – insistei – Anche lei infermiera, e ancora

____

4 *Una Storia Molto Breve, pubblicato nella raccolta In Our Time.*
5 *protagonista di Per Chi Suona La Campana.*
6 *personaggio di Fiesta – Il Sole Sorgerà Ancora*

un amore che non può realizzarsi?

– È facile perdersi nelle analogie, lascia stare. – disse con distacco – Come Hadley e Pauline e Martha[7], che differenza fa? L'amore è una sfida alla vita, vedi quanti ne finiscono? ma tu pensi sempre te stesso più in gamba degli altri, e la verità è che finirai come i maledetti altri, due, tre, quattro volte e poi sempre. Le idealizzi e vedi in loro anche quello che non c'è. – si zittì per un momento – Vedi tutto sin dalla prima volta ma sei così dannatamente arrogante da credere che quello che potrebbe non piacerti prima poi cambierà e tutto sarà un amalgama perfetto fra te e lei; ma la verità è che batterete sempre in quel punto, e diverrà lo scoglio sul quale finirai col fracassarti, sempre. E il buono che c'era diverrà acrimonia, e poi sarcasmo che usi per difenderti, e infine rancore. E sei fortunato se si fermerà lì e non diverrà ciò che odi di più. Questa è la storia di ogni rapporto: la delusione di scoprire che non sono per sempre quello che volevano farti credere. E tutto il rancore e il sarcasmo sono per te stesso che hai creduto in qualcosa che non esiste per sempre, anche se li butti addosso a loro.

– Sai, – esitai alquanto prima di dirlo – parli dell'amore delle donne come se fosse un premio che spetta di diritto all'uomo, ma che si rivela spinoso subito dopo nonostante quello che tu possa aver fatto per meritarlo.

– Non dovrebbe essere così? – allargò le braccia – E loro non dovrebbero essere felici di questo? Così erano le donne dalle mie parti, o perlomeno era quello che pensavo di aver imparato finché son rimasto nel Michigan.

– Per uscire dal Michigan c'è stato un prezzo da pagare? – chiesi – Non offenderti, ma così mi pare di capire da quello che dici.

– No, non mi sono offeso; – mosse adagio la testa – e c'è

____

7 *rispettivamente prima, seconda e terza moglie di Hemingway*

del vero. All'inizio del secolo molte cose non erano diverse da quelle del secolo prima. Gli Americani avevano creato il mito della frontiera, che non è quella roba dei film western, ma è forse più simile ai film in bianco e nero. Una donna era una signora, anche se faceva la prostituta, non per bisogno di illudersi ma per una faccenda estremamente pratica: se andava bene era forse la sola femmina nel raggio di dieci miglia. In Europa gli uomini sceglievano la moglie, nel West erano le donne a scegliere l'uomo, e la possibilità faceva di loro delle signore pronte a lasciare il bordello e sposare un brav'uomo col quale mandare avanti una fattoria. Uomini abituati a esser di poche parole fra loro e a capirsi nei modi più semplici, erano senza fiato quando dovevano chiedere a una donna di sposarli.

Sorrise delle sue parole, e guardò alle mie spalle.

– Nell'East Coast forse le donne potevano avere amanti, – proseguì – ma nel Michigan e nel Middle West non avevano il tempo, a meno di appartenere all'alta borghesia. Le donne da noi erano montanare e presbiteriane o protestanti anche se non sempre andavano alla funzione domenicale perché il pastore era distante chilometri. Onoravano il Signore tutti i giorni lavorando e facendo l'amore col marito che cacciava e arava e lavorava e tornava alla sera a casa. Cacciare oggi è una crudeltà, ma non lo era allora, e avere una buona mira era una virtù e ti conveniva impararla subito. Ci si sposava perché questo era il proprio ruolo e nemmeno si credeva che ce ne potessero essere altri, ed essere virile era una condizione sulla quale non si perdeva tempo a discutere perché lo erano tutti; non nel letto – sogghignò – come si intendeva il concetto di virilità nei salotti, ma nella vita di tutti i giorni, nel senso arcaico della parola, se mi spiego. Lo imparavi stando dietro a un albero a far la posta alla tua preda, o in piedi nel fiume con la canna da pesca aspettando il pesce. E l'intelligenza la sviluppavi studiando l'abitudine del cervo o imparando qual era l'esca migliore per prender più trote in minor tempo e poi tornare a casa e cenare. Se sapevi queste cose allora eri un uomo e potevi confrontarti con altri su un piano di parità, e la tua donna poteva esser orgogliosa di aver sposato un brav'uomo. Alzare il gomito era il premio del sabato, e nemmeno tutti i sabati. Capisci questo?

Aveva il viso volto a terra, e senza muovere la testa alzò gli occhi per guardarmi al di sopra degli occhiali di acciaio.

– Nel Michigan questo era, – riprese – ma già non più a Kansas City, la mia prima città, dove ci si accoltellava per motivi inutili e gli ubriachi non ti facevano più alcun effetto e le prostitute facevano il loro mestiere senza vergogna. Io arrossivo se mi abbordavano; però osservavo e imparavo a dire tutto questo in un articolo dello Star con meno parole possibile. E anche così c'era qualcosa da amare: la gente.

– Non ho mai visto niente di questo, – dissi – mi sforzo di starti dietro.

– Conosci la canzone *St. James Infirmary*? – sorrise amaro – Tu non sai niente del mondo di allora. Non avevo ancora compiuto i diciannove anni quando traversai l'Atlantico su una vecchia carretta che mi portava in Europa alla guerra. Indossavo una divisa da sottotenente della Croce Rossa, avevo grandi entusiasmi e volevo vedere con i miei occhi, ma quello che vidi per prima cosa furono i corpi straziati di donne che lavoravano in una fabbrica di munizioni che era saltata in aria fuori Milano. E facevano impressione perché ci aspettavamo di raccogliere feriti e cadaveri di uomini. – annuì – Ci mandarono a Schio in uno dei depositi delle ambulanze; passeggiavamo spavaldi nelle nostre divise come galli di provincia per farci notare dalle ragazze del posto, e ancora niente sapevo delle diversità fra loro e le ragazze del Middle West e ancora arrossivo con le ragazze dei bordelli per ufficiali. – aggiunse – Così capitò l'occasione di gestire una delle case di conforto dell'A.R.C. sparse lungo il fronte e mi offrii volontario, perché Fossalta era il fronte e io ero venuto in Europa per vederlo.

Fece una lunga pausa e alzò la testa verso la luce sopra noi. Gli vidi sul volto un sorriso triste.

– Lì fui ferito, e dopo un po' di spostamenti da ospedali da campo a ospedali nelle retrovie tornai a Milano, dove le infermiere erano linde e pulite e amorevoli e gentili, e io ero famoso per essere il primo americano ferito sul fronte del Piave; potevo vantarmi perché mi pareva di essere così più interessante, e tutto mi era permesso e mi permettevo, dopo la grande paura. Agnes era di Washington e aveva i modi gentili delle ragazze delle grandi città; era simpatica e fresca e mi fece innamorare. Dovevo imparare che ci sono le differenze, e sulla virilità avevo idee semplici, e anche su sparare balle, che nel Michigan era un modo di scherzare. – scosse la testa – Ma dentro sono rimasto sempre il ragazzo che si è dovuto adattare a vivere nel loro complicato mondo fatto di fascino e spesso niente altro. E quando la fortuna che volevo raggiungere scrivendo mi ha introdotto nel bel mondo dei ricchi, le cose si sono complicate. Ero di Hadley, ma questo fra i ricchi non significa niente: se vuoi una cosa la prendi. E mi lasciai prendere perché le illusioni all'inizio non parevano brutte. Il resto è venuto da sé. – disse – Come cambiare il concetto della virilità in quell'altro più facile ma per me molte volte complicatissimo.

– Hai mai desiderato tornare nel Michigan?

– Tutte le volte che ne ho sentito il bisogno l'ho fatto. Se non proprio nel Michigan almeno in altri posti simili e con la stessa bellezza: l'Idaho, il Montana, i monti della Svizzera, la Spagna. – rispose dopo un po' – Ma era nell'altro mondo che non è il Michigan che dovevo farmi la mia fortuna, e lo volevo per soddisfare la mia ambizione di essere uno scrittore.

Si strinse nelle spalle.

– Potevo essere un giornalista e restare sempre tale. Ma pensavo che quello che vedevo nel mondo non poteva stare stretto nelle colonne di un giornale e doveva invece essere raccontato e letto da un pubblico più ampio degli abbonati al Kansas City Star. Scrivere era la mia vocazione, e l'ho fatto per tutta la vita, fino a quando non sono stato più capace di comporre nemmeno una semplice frase; – smise di parlare e alzò le spalle – e così era arrivato anche per me il niente di cui avevo detto in molte pagine. Il niente, che fra gli ideali giovanili e la realtà era diventato la preghiera del *Nada*[8], quando nemmeno il whisky dava più conforto. E alla fine l'ho raggiunto per sempre.

Sembrò come riprendersi da qualcosa che dava dolore.

– L'ho fatta troppo lunga. – borbottò e scossi la testa.

– No. – dissi – Va bene invece. E Mary[9]?

– Mary? L'angoscia della vecchiaia. Dopo *Il Vecchio E Il Mare* niente aveva più forza, e ora lei sta pubblicando tutto, anche la roba peggiore che non avrei mai voluto vedere in una libreria perché per me non era buona.

– Ha pubblicato anche Festa Mobile, che per me è un gran libro; alcuni passaggi sono formidabili.

– Lo dici per farmi piacere? – chiese, e ancora scossi la testa.

– È buono. – annuii – Se l'avessi rivisto tu sarebbe ancora meglio, ma sono comunque pagine efficaci sugli esordi e la ricerca di un tuo stile per dire. E poi i salotti della Stein e di Pound, e i bar dove scrivere e quelli dove andare per farsi conoscere; e gli incontri con i nomi di quel tempo, quelli che erano e quelli che credevano di essere. Hai lasciato un quadro molto avvincente di quella Parigi, anche se non è sempre facile distinguere la verità. – ero sincero e lo capì – Il ritratto di Fitzgerald e di Place de la Contrescarpe, e la frase finale che mi commuove ogni volta: *la Parigi dei bei tempi andati*, anche se è meglio non tradotta: *But this is how Paris was in the early days when we were very poor and very happy.*

– Mi stai trascinando a parlare di Parigi, subdolo figlio di puttana.

– Forse vuoi parlare di Parigi.

– Forse voglio tenerla soltanto per me. Chi ti ha detto che è lecito squartarmi e mettermi in piazza come una carcassa di toro.

– Ho creduto che non ti dispiacesse.

– Quando ero io a dirigere il gioco. Allora mi illudevo di decidere io cosa dare e come dare. Poi si sono presi tutto e di mio non c'è stato più niente, nemmeno più il dolore. – la voce cambiò tono – Sono una carcassa spolpata in una teca sotto un riflettore. Mi hanno squartato e guardato dentro senza alcun riguardo, e quando anche questo non gli è più bastato, mi hanno dato ventiquattro scosse elettriche e di me non c'è stato più niente dopo. *Ero un posto pulito e ben illuminato e poi sono diventato una preghiera al nulla.*

– Un racconto bellissimo.

– Credi di sapere tutto di me soltanto perché hai letto?

– No, no. – dissi – Nessuno sa mai tutto di qualcuno. Puoi avere un'infarinatura generale, puoi conoscere anche più di qualche dettaglio e così ricostruire il resto e prenderci ogni tanto, ma non c'è chi può dire di conoscere veramente bene un altro. È tutto nelle motivazioni.

– Questo l'ho già detto io, subdolo specioso biografo non autorizzato.

– Tu e qualche altro milione di persone: in definitiva non hai incarnato il pensiero umano, hai soltanto dato una voce, una situazione e un personaggio a tutti gli anonimi che han detto anonimamente le stesse cose che tu hai scritto; non hai bisogno di darti arie, sei comunque grande; e ora voglio sapere perché.

– Facendomi a pezzi?

– Per capire le radici di quello che provo per te.

– Fottiti! Credi di rendermi giustizia così? Serve soltanto a te.

– Credo di no. Lo credo veramente, anche se sarò il primo a beneficiarne.

– Perché ritieni che te lo lascerò fare?

– Perché no?

– Mi toglierai la dignità, alla fine.

– Sai bene che non è questione di dignità. A quello hanno già pensato i tuoi eredi e gli editori che hanno pubblicato anche quello che non volevi. – mi venne da sorridere – Ma se anche soltanto uno condividerà quello che voglio sapere, allora ti avrò restituito qualcosa.

– È una maledetta risposta da rabbino.

– No Ernest. Se riuscissi a vedere quanto la tua carcassa può ancora dare saresti meno recalcitrante.

– Dare a chi?

– Alla letteratura, all'arte di raccontare, alla verità, a tutte le cose che servono per vivere un po' meglio lontani dalle balle che ti devi sorbire ogni giorno. E poi quello che darà a me. – ammisi.

– Voglio essere lasciato in pace, non sono Gesù Cristo.

– Il paragone non regge, così non negare che il progetto potrebbe piacerti.

– Piantala e dimmi perché.

– C'è una verità che ancora non è uscita. Voglio quella.

– E poi? – il tono era molto aggressivo.

– *Winner takes nothing?* – mi strinsi nelle spalle – Sai che sono state scritte delle canzoni su di te?

– Non cambiare discorso. – irritato disse, poi si quietò un

poco – I morti vedono soltanto il futuro[10]. Che canzoni?

– Un artista spagnolo ha scritto *Hemingway delira*; è una canzone con ritmo caraibico. – mi guardò e grugni qualcosa di incomprensibile.

– Una canzone di Conte, – continuai – e una di De Gregori che in un verso dice *"torneremo a farci fare l'amore dalle infermiere"*.

– Non mi blandire. – disse – Dimmi piuttosto: se ti lascio fare questo scempio mi amerai ancora? Dopo, voglio dire.

---

10 *riferimento alla capacità dei personaggi dell'inferno dantesco di vedere il futuro ma non il presente.*

2 – La gente

*Quello che conta non è tanto quello che impari, quanto la gente
che incontri.*
(Per Chi Suona La Campana)

A un centinaio di miglia a sud Nairobi, sulla Mombasa
Road in un piccolo centro chiamato Emali, per non so quale
combinazione di luce si vedeva lontana la cima innevata del
Kilimangiaro pur non essendo una giornata di sole.

La nostra guida stava facendo benzina prima di lasciare la
A109 e prendere per la C102 che andando dritta a sud ci
avrebbe portato al confine con la Tanzania.

– Da qui si vede il leopardo[11]? – chiesi, e subito mi pentii
della spiritosaggine fuori luogo.

– Si vede la miseria di questa gente. – rispose invece – Ma
è una terra magnifica e la amo.

– Non mi pare di aver mai letto qualcosa di veramente
particolare sulla razza nera scritto da te. – osservai.

– E perché mai avrei dovuto? – mi guardò curioso.

– Oh. – disse poi – Ho capito. Beh, guardali e dimmi cosa
hanno di diverso da noi. Sarà anche una spiegazione trita,
ma tu faresti benzina diversamente?

– No. – confermai.

– Voi li avete scoperti da un po' e noi da più tempo. E noi
possiamo continuare a chiamarli negri senza pensare di of-
fenderli, mentre voi ora li chiamate neri però li offendete in
altre maniere. Erano gentili ai miei tempi o deferenti o stra-
fottenti come chiunque altro di pelle bianca. E se erano irri-
tanti o indolenti o ti facevano perder tempo li chiamavi
sporchi negri, come dicevi lurido irlandese o bastardo di un
italiano. Ma se non facevano nulla non c'era ragione né di

---

11 *la carcassa del leopardo in Le Nevi Del Kilimangiaro*

insultarli né di parlare espressamente di loro.

– Continua per favore.

– Ho parlato di persone che avevano qualcosa da dire, nel bene o nel male, e ho parlato di loro in qualche racconto, se avevano da dire. Non ho mai sentito la necessità di parlare bene o male di loro come etnia e non ho da rimproverarmi nulla, né devo chiamarli neri perché "negri" pare offensivo. – rise – Voi europei quando fate i democratici siete proprio comici: quelli che concedono. Beh, cosa date che già non abbiano diritto di avere?

– Dimmi se c'è un posto che non ami.

– Non c'è, credo. *Il mondo è un posto magnifico e vale la pena di lottare per esso.*[12]

– Mi piacerebbe vederlo come lo vedi tu. – dissi e si girò a guardarmi e mi fissò un bel pezzo, poi capì cosa intendevo e non fece commenti.

– Da poco tempo avevo imparato che esisteva un mondo oltre i laghi e la gente del Michigan. – rispose invece – Ero ambizioso, non arrogante e gentile con quelli che potevano aiutarmi senza essere maledettamente critici sul mio modo di raccontare il mio mondo; pensavo di avere dentro buone basi e andai a lavorare come redattore al Kansas City Star mentre c'era la guerra di là dall'oceano. Volevo arruolarmi ma non mi presero per il difetto all'occhio sinistro, così feci domanda per l'A.R.C., e loro mi presero come conducente di ambulanze.

Guardò la lunga strada dritta che passava in mezzo alle abitazioni.

– Dopo sei settimane in Italia fui ferito e mi ritirarono dal fronte e mi misero in quell'ospedale di via Cantù. E ci volle tutto questo per imparare veramente: Agnes e tutte le altre infermiere così gentili e care, e l'operazione e la degenza e

---

12 *Cit. da Per Chi Suona La Campana.*

infine poter uscire con le stampelle e vedere la Galleria e la strada per l'Ospedale Maggiore e tutte le belle persone che avevo intorno e le altre che volevano conoscermi. Ero un eroe, e per esser stato vicino alla morte ebbi le medaglie e la promozione a tenente, ed era con orgoglio che potevo girare per Milano fra altri uomini in divisa, con i galloni e i filetti delle ferite sulla manica della giubba nuova, sapendo di non essere un maledetto imboscato vigliacco di guerra. – disse con forza – La vita di quei giorni di agosto e settembre e ottobre stava facendo di me un uomo e cominciavo a capirlo; simpatico, attraente e sbruffone a volte, ma perdio con le mie ferite di guerra a dire che avevo fatto la mia parte e ne ero uscito vivo. E tutto quel vantarsi e mischiare esagerazioni e verità, che là nel Michigan erano pose da adolescente, a Milano mi allontanò da quei boschi e quelle persone semplici. Soltanto anni dopo capii che non potevo ignorare quel tempo se non al prezzo di un tradimento e di una cesura nella mia vita fra prima e dopo e con in mezzo la ferita a far da cardine. Con l'avventura della guerra erano diventati anni lontani, ma erano parte di me. Tornarono, dopo quanto avevo visto sul Piave e anche in altri posti che non ho mai potuto dimenticare.

Fece una lunga pausa, poi scollò le spalle.

– Per la signorina Stein i personaggi e le ambientazioni dei miei racconti non erano raccomandabili. – indicò alcune costruzioni fatiscenti – Ma non mi interessavano i giudizi di quelli che parlavano e scrivevano di letteratura con molta competenza; preferivo la gente semplice perché loro erano la letteratura. Accettavo ogni consiglio su quello che dovevo leggere per imparare a descrivere, ma non mi piacevano quegli esteti del bello che nella volgarità trovavano soltanto il brutto da correggere, come se la letteratura debba essere soltanto raffinatezza. Nei miei luoghi la gente era autentica e viveva in modo semplice. Quegli esteti dei salotti erano assolutamente competenti su quello che reputavano bello e raffinato e disgustati da tutto ciò che non lo era, tanto da considerarlo improponibile. E meno ancora mi piacevano i ricchi che bevevano per il gusto di bere; era un passatempo improduttivo come quello di tutti gli sbronzoni del Café des Artistes di Rue Mouffetard; ma le persone che conoscevo io bevevano per scaldarsi contro il freddo o per darsi energia o per premio dopo una giornata di lavoro o perché era sabato sera e volevano festeggiare o perché non avevano una donna e la sera una bottiglia poteva andar bene in vece di una donna, o per tutte le altre dannatissime ragioni per cui la gente semplice beve.

Fece cenno all'autista di aspettare e si spostò sul ciglio della strada incamminandosi verso il centro commerciale, e pensai che volesse andare a comprare da bere.

– Mi presero la mano. È una corruzione lenta perché non hanno fretta. Alla lunga ti sforzi di pensare che magari su qualcosa hanno ragione: vivevano fra cose belle e comode con progetti nobili. – si fermò davanti a una bottega ma non entrò – E dopo ci furono i ricchi, e fu un passaggio quasi normale. Conoscevano le città e i posti di villeggiatura ma non la gente che ci vive. Per un po' giocai con l'idea che, rispettando qualche loro regola per essere apprezzato, fra loro si poteva stare. E sempre perché ero un bravo ragazzo li feci entrare nel mio lavoro e lessi qualcosa di quello che avevo scritto. Non l'avrei mai fatto in altre circostanze, né da ubriaco né da sobrio, ma c'era Pauline e il suo mondo e io ero così preso da lei da sforzarmi di compiacerli, tanto quanto prima mi ero sforzato di compiacere miss Stein.

Sedette su una panca all'ombra della bottega.

– Il Michigan era la mia àncora per non perdermi nel loro mondo o perdermi soltanto per un po'. Ero uno di Horton Bay più fortunato, e il solo modo di ringraziare la fortuna era parlar di tutta la gente di Petoskey e Walloon Lake che

abita tutti i Michigan del mondo. – alzò il berretto di tela –
Nel sogno americano molte cose sono possibili e non hanno
grandi ostacoli se non la volontà di fare. In certi ambienti
Europei essere semplici è titolo di compatimento. Ci vuole
la tradizione, e siete molto abili nel far sentire fuori posto
per mostrarvi poi comprensivi e democratici e disponibili a
tollerare ogni cafoneria, e lo fate perché vi credete brave
persone. E io ho voluto restituire alla gente l'autenticità che
è veramente della gente. Non volevo sovvertire la piramide
sociale, ma soltanto che la gente semplice sapesse che è nella maggior parte dei libri senza un nome. Ho scelto loro perché quel mondo avesse il suo riconoscimento essendo la
base più autentica della nostra società e quella che forniva
alla gente dei salotti l'occasione per parlarne a sproposito e
con molte smorfie.

Fece una pausa.

– L'indipendenza dall'Inghilterra non è maturata con la
distruzione di balle di tè nella baia di Boston. – aggiunse – È
nella individualità americana nata in anni di colonialismo
lontani dalla madrepatria e sfruttati. Non c'era bisogno di
giustificarsi dietro una ideologia; quello è stato soltanto un
episodio formale, e tutto è cominciato da anni di soldati inglesi che razziavano i maiali nelle fattorie dove i contadini
con dolore traevano il cibo per tutti i giorni della loro vita[13] e
crescevano il maiale con molto individualismo sapendo che
serve per vivere e mangiare, mentre il soldato non sapeva
niente di questo ed eseguiva un ordine. Capisci la differenza
fra l'iniziativa del singolo e l'obbedienza? Il maiale era la
vera ragione di ribellarsi, non una stupida tazza di tè per
mostrare disapprovazione nei salotti di Boston. Perché non
sparargli una fucilata in mezzo agli occhi per conservare ciò
che mi è costato fatica? Questa è la radice della ribellione

---

13 *Genesi, 17*

alla tirannia e al totalitarismo, e soltanto la gente autentica ha potuto sopportare tutto ciò che le han fatto e sviluppare una coscienza: individualista, se davvero ti piacciono le etichette, ma che poi nei salotti qualcuno ha trasformato in ideologia. Uccidere è una necessità se serve a preservare il concetto da chi non capisce, ed è diventata la nostra storia, giacché noi americani non ne avevamo, come non abbiamo un re al quale dover giurare fedeltà ma una costituzione alla quale giurare che dice, e lo ha messo per iscritto, che noi tutti siamo nati liberi e non sottomessi ad altri che ci usano.

Guardò attorno, tolse il cappellino e si asciugò il sudore dalla fronte con la manica della camicia.

– Ho parlato un bel po'. – borbottò, e feci segno di no con la testa: mi andava benissimo sapere da lui e non per averlo letto da qualche parte.

– Amo la gente e disprezzo quello che altri le fanno, e la violenza è buona quanto ogni altra cosa se le parole non bastano. – proseguì – Non ho l'obbligo di spiegarlo. Se lo deridono perché strada facendo ne hanno perso il semplice significato, mi offendo; e siccome mi servi per raccontarlo, al momento non faccio nulla, ma quando avrò l'occasione te lo rinfaccerò con le armi che mi hai insegnato ad affinare nei tuoi salotti. – batté con forza il cappellino di tela sulla coscia – Quelli del Michigan e milioni di altri come loro in tutto il mondo non avevano la possibilità di fare altro, ma io ho potuto e l'ho fatto e ho portato in giro le loro storie, e in quei salotti ho imparato a farle sentire nella maniera più efficace possibile.

– Ma come ti sentivi mentre camminavi nelle strade di Parigi con questo dentro?

– La vita è soltanto tragedia e nelle sue pieghe sta il suo mistero; questo maturava in me, con il bisogno e la fretta di imparare a dirlo nel modo più semplice perché chiunque lo potesse capire. – alzò le spalle – Le spacconate erano il mio inno alla vita; e le storie e il mio modo di descriverle un omaggio alle tante situazioni e persone che vale la pena di raccontare; e niente di tutto ciò è sporco o da ignorare se è verità. Ma ero all'inizio della mia strada, dovevo imparare e leggere scritti di altri scrittori, e sentire tutti e tutte le loro critiche, e non avvilirmi se non erano incoraggianti, poi alla fine fare una sintesi e scrivere, e credere nel mio lavoro.

Restai a lungo zitto, senza trovar niente da dire. Era una semplice spiegazione, anche se ancora con delle ombre.

– Era così difficile? – chiesi, e pensavo alle spacconerie – Da sopportare, intendo.

– Mi sono concesso delle pause: la caccia, le corride, e le donne, perché no? Non sprecare troppa considerazione per me. Ci ho messo anche del mio, non hanno fatto tutto loro. – annuì e mi fece l'occhiolino.

– Parli spesso riferendoti ai tuoi scritti. – osservai.

– In mezzo a essi c'è molto di me. E anche molta verità.

Si alzò e guardò la Land Rover e l'autista che aveva finito di fare benzina e ora fumava seduto sul predellino.

– Volevi una spiegazione? – chiese poi – È sufficiente per continuare ad amarmi?

3 – Gli odori

Quale odore preferiresti sentire? L'erba dolce che gl'indiani adoperano nei loro cesti? Il cuoio affumicato? L'odore della terra a primavera dopo la pioggia? L'odore del mare quando uno cammina in mezzo alle ginestre su un promontorio in Galizia?
(Per Chi Suona La Campana)

– Davvero la morte ha un odore?

– Puoi giurarci. E io lo so riconoscere.

Eravamo nella luce ora. Al fondo del cielo azzurro erano le colline dell'Idaho ed erano *come elefanti bianchi* [14] sotto il sole, oltre i tetti delle case e gli abeti della strada. A est, ma che non si poteva vedere per la distanza, era il Parco di Yellowstone.

– Non è una millanteria, vero?

– Piantala! – esclamò. Mi guardò risentito poi pensò che occorreva una spiegazione.

– Ero nella foresta di Hürtgenwald con la 4ª divisione che si preparava a sferrare una nuova offensiva, e Lanham [15] mi espresse i suoi dubbi sul vicecomandante, un ometto un po' grigio, e stava pensando di sostituirlo. Gli dissi che non era necessario perché puzzava di morte. Lasciammo la sua postazione per tornare al comando con la jeep e poco dopo fummo fermati dall'aiutante maggiore che ci informò che il maggiore era morto, colpito da una scheggia. Chiese come potevo saperlo, ma non c'era modo di spiegarlo; in quella foresta c'era un fetore tremendo di morte.

– È quello descritto da Pilar? – impressionato chiesi, ma non del tutto convinto.

------

14 *è parte del titolo di un racconto*
15 *novembre 1944, la quarta divisione era impegnata in Renania; Lanham era il comandante del 1° battaglione.*

– Non mi credi, maledetto scettico che sei. – alzò le spalle
– Quello e anche altri. È l'odore del metallo schiantato del
De Haviland[16] mentre il motore va a fuoco. È l'acre della ver-
nice che si accartoccia nel fuoco e si mischia all'olio del motore e al sangue che cola dalla ferita alla testa e al sudore
della paura che chiazza la camicia.

– Hai fatto un resoconto molto ironico di quell'incidente,
in termini spiritosi: da vero duro; e dei commenti sarcastici
di Mary e anche di tutto il viaggio dopo e l'arrivo a Entebbe
e la sorpresa dei necrologi.

– Sì. Necrologi molto belli e molti elogi. – rise caustico –
Ci saranno rimasti molto male quando hanno saputo che me
l'ero cavata, anche se poi si sono congratulati mentre io do-
vevo seguire una dieta a base di insalata scondita e pochi
Montgomery all'Harris Bar. E mentre ero in convalescenza a
Venezia ricevevo le loro visite ma anche l'ultima illusione,
che quella volta aveva le forme di una giovane bellissima:
Adriana[17].

– Dimmi altri odori.

– Perché ti interessa tanto la *gran puta*?

– Perché interessava tanto a te.

– Hanno scritto che ho corteggiato la morte e tante volte
l'ho cercata. Niente di più assurdo; non credi che se fosse
vero sarei riuscito a trovarla in molte occasioni o a fare in
modo che lei trovasse me? – pareva che la cosa lo divertisse
– L'ho vista e ho visto i modi misteriosi con cui opera: in un
campo indiano o in una trincea o su una strada o anche in
una vasca da bagno dove puoi scivolare se è stato deciso
così. Non avevo bisogno di cercarla ma di studiarla, ero suo
fin dalla nascita, comunque.

– Come tutti noi, ma noi la esorcizziamo in tutti i modi:

---

16 *l'aereo sul quale ebbe un incidente in Africa nel 1954*
17 *Adriana Ivancich che lo ispirò per il personaggio femminile di Di Là
Dal Fiume E Tra Gli Alberi.*

possedendo, fingendoci eccentrici, sposando anche, o più semplicemente non parlandone. Tu hai fatto altro; era una nicchia nella quale si sono addentrati pochi e ti sei ricavato un tuo argomento nella letteratura. - lo punzecchiai - Un argomento sul quale ti ritenevi il solo titolato a scrivere?

- Forse perché fra tutti quelli che ne parlano, io davvero li ho visti, i morti; in Italia, in Turchia, in Spagna e in tutto il mondo. E in tutto il mondo, morti ammazzati o per banalità o caso o destino, ti lasciano qualcosa che, per quanti tu ne veda, provi sempre.

Mi venne un pensiero ma esitavo a dirlo. Se ne accorse e gli venne un'espressione interrogativa sul viso.

- Cos'altro hai in testa? - chiese.

- Mi è venuto all'improvviso un parallelo fra te e un altro famoso conducente di ambulanze. - alzai le spalle.

- Dos Passos?

- Walt Disney. - risposi - Entrambi avete visto la morte, ma secondo una storia che ho sentito lui dipingeva topolini sulle pareti delle ambulanze per distrarre dalle sofferenze i feriti che trasportava.

- E?

- Dopo la guerra lui ha proseguito con i topolini e tu con morte. E siete divenuti famosissimi entrambi. Anche lui l'ha vista all'opera la *gran puta*.

Mi guardò in silenzio.

- Ed era anche lui di Chicago. - disse infine - Secondo te cosa dovrei dire?

- Nulla suppongo, scusami. - feci segno di no con la mano per accantonare il discorso - Gli odori, Ernest. Sono quelli che ha descritto Pilar?

- Hai mai sentito una zingara passarti vicino? Sono tanti odori. Il sudicio suo e quello dei figli e degli uomini con i quali si è accoppiata, e ancora il puzzo degli angoli dove siede mischiato con l'odore dolciastro degli inganni che usa per chieder denaro, che sa di acre sudore stantio, di capelli intrisi di secrezione, crespi e duri e legati con un filo.

– Questo l'avrebbe detto Pilar.

Si fermò e mi guardò.

– Mai sentito l'odore del maiale che va in putrefazione? È simile a quello dei cadaveri umani per la presenza di batteri dello stesso ceppo, ed è più forte se il maiale ammazzato è in calore.

Non dissi nulla ma mi venne una smorfia insoddisfatta, credo.

– Ancora non ti basta? – domandò, e scossi la testa – Ora mischialo con l'odore di marcio delle acque che ristagnano in una pozza. Pensa all'aglio che puzza nel fiato come quello dei malati di fegato, e all'odore di agrumi marci che hanno addosso i malati di diabete; mischia questo pestilenziale cocktail e spruzzalo addosso a quelli che hanno un parere su tutto. E nei gesti pacati con i quali vogliono farti credere alle loro balle, e nei loro "veramente", e "sinceramente", e "onestamente", sentirai la verità presa a calci e l'odore della morte, finché niente altro sentirai tranne l'odore stagnante, mefitico e putrido delle loro menzogne, cioè la morte di ogni verità che è la sola ragione per scrivere.

– Nemmeno tu hai detto sempre la verità.

– Nessuno la dice mai, in senso tecnico intendo. Forse se si racconta quello che si vede, ma ci vuole un coraggio che pochi hanno. – smise di parlare e mi guardò – Perché devo perdere tempo a convincerti? Prendi il santo: ammetterà di aver seguito la sua natura o cercherà invece di indottrinarti sui vantaggi della rettitudine? Non lo dirà nemmeno a se stesso che si comporta per come è. Vivrà la sua vita facendo quello che sa fare meglio senza nessun merito per questo, e sarà glorificato in eterno.

– Una visione nichilista.

– Vuoi la verità? – sbottò seccato – Non ho visto la morte

a Fossalta, ero troppo giovane; ma con la guerra ho capito che ci circonda sempre, e in Spagna ne hanno fatto un'arte con la corrida. Ero un diciannovenne con molte illusioni, e fra Bassano e un letto di ospedale di Milano le ho perse. Mi sono rimaste cicatrici profonde e ho scritto pagine e pagine per curarle. E dopo i giorni da cinico eroe in quell'ospedale di Milano, ho visto la morte di quello che amavo e la fine della passione di Agnes e me stesso che affogavo il dolore nella grappa. E qualcosa è maturato dentro: usare la gran puttana e affinare ogni sentimento per raccontarla, fino a quando è stata lei a usare me. Nelle fotografie più note mi hanno preso serio, ma ho riso tante volte e alla fine ho riso di me stesso quando mi hanno tolto tutto. Ho raccontato di gente piegata che combatte ogni giorno contro la propria sorte, e il senso di inutilità per tutto questo, e alla fine sono stato inutile io per il progetto che avevo su di me. – fece un profondo sospiro – Amarezza? la sconfitta? il nulla? Perché no? Sono argomenti da raccontare buoni come altri, ma a me hanno preso la mano alla fine.

Gli occhi erano tristi, ora.

– La mia generazione ha vissuto con la morte: la Grande Guerra, la Greco-Turca e la Sino-Giapponese, la Spagna, la Seconda e l'Indocina, dove è morto Capa. C'era in me più verità mentre le raccontavo di quanta ce ne sia ora.

– Non erano balle – confermai – e non mi sono sentito mai preso in giro da quello che hai scritto. Non voglio ora fermarmi a pensare di aver costruito un modo di vedere la vita basandomi su menzogne; non lo erano, no.

– Non addossare a me la colpa di averti influenzato. Dico che ho bluffato tante volte e alla fine LEI è venuta a vedere il bluff. Il senso della tragedia mi ha travolto, alla fine. – guardò le montagne nella luce e sorrise.

– Ho avuto anch'io momenti felici, ma nelle fotografie che usano sulle copertine dei miei libri non sono mai sorridente

– caustico osservò – Da giovane tu hai detto una buona frase: *Mettete la mano sull'incudine mentre il fabbro picchia; la felicità è nella volta in cui sbaglia il colpo.* – mi guardò e annuì – Non chiedere come lo so; lo so e basta. Vale per chi si condanna alla solitudine, ma io ho avuto momenti buoni e altri che non lo sono stati. Ho raccontato la gente vera per mostrare la tragedia che spesso è la vita, ma come molti ho saputo vivere i miei giorni di felicità. Quando la tristezza è stata al mio fianco l'ho vissuta e ho saputo scriverla, perché se la vita è una continua sconfitta conta soltanto come la sai affrontare. Se non sai analizzare quello che provi non saprai nemmeno come dirlo, ed è inutile che ti sforzi di scrivere. La verità è in quello che provi, non in quello che i lettori si aspettano che tu provi o che tu debba provare. Scrivila, e chiunque capirà la differenza.

– Questo non è essere bugiardo e fanfarone.

– Chi mi ha conosciuto sa che ero anche così. – rallentò il passo – I personaggi pubblici si portano appresso una fama esagerata e ricca di aneddoti, perché questo la gente vuole; in un film di Ford c'è una frase che racchiude tutto questo: *Siamo nel West, dove se la leggenda diventa realtà, vince la leggenda*[18].

Camminavamo sullo stretto marciapiede a lato della 75, e dove la strada si apriva sulla destra c'era un parcheggio con qualche auto vicina a una casa in legno a due piani, e più oltre un prato con degli alti abeti e sullo sfondo una collina gialla e ocra.

– Mi hanno messo lì. – indicò il prato verde, dove erano lapidi bianche e un pino al limite nord del campo – Accanto c'è Mary.

– Sembra un buon posto. – osservai – C'è tanto spazio, un grande cielo e la collina. Nei ricordi futuri di questo nostro

---

18 *L'uomo Che Uccise Liberty Valance*

incontro sarà un posto dove pensarti.

– Che te ne importa dove ti mettono? – chiese e mi strinsi nelle spalle.

– Nulla, credo. Ma se un giorno ci sarà la resurrezione dei corpi come promettono, saprai dove venirti a cercare.

– Ah, sì. – sorrise amaro – Questo è vero, anche se temo che quel giorno sarà l'ultima fregatura per quelli che sono stati fatti a pezzi, o bruciati o divorati e spolpati come carogne, o Dio sa cos'altro. Tu dove vorresti esser sepolto?

– Non m'interessa. – alzai le spalle – Vorrei esser cremato e le ceneri disperse. – feci una pausa – Magari in mare o dove c'è dell'acqua. E se a qualcuno verrà voglia di venirmi a trovare potrà farsi una buona giornata di sole in spiaggia.

– Pensi che i tuoi eredi te lo lasceranno fare?

– Risparmieranno sulle spese della sepoltura, perché non dovrebbero? – dissi, e annuì.

– Ci sono un mucchio di visitatori qui, tutto l'anno.

– Oh, non credo che avrò molte visite. Quelli che conosco sono all'incirca della mia età e per come è la mia vita dubito che ci siano posteri che si prenderanno la briga di portar fiori o lasciare monetine come sulla tua tomba.

– Sei dannatamente pessimista.

– No. – dissi – Comunque non credo che me ne importerà granché, dopo. Se andrà come credo avrò un bel daffare per non ricadere nel pozzo delle anime che tornano sulla terra; o forse mi dissolverò nella grande massa che sta da qualche parte dell'universo dove è tutto il sapere e il dolore che abbiamo imparato in vita.

– Ho letto qualcosa di questa ipotesi.

– Non credi che potresti dirmi se almeno è vera?

– Sai che non posso e lo dovrai scoprire da te. È il segreto dei segreti, e dove sono ora si impara a non violarlo mai.

– Sarebbe bello invece.

– Curiosità intellettuale; e comunque non ti serve finché

stai da questa parte della barricata. Questo te lo posso dire.

– Mi chiedo che odori sentirò.

– Io ho sentito quello della vecchiaia, che è la somma di tutti gli odori sgradevoli della vita mischiato a quello della morte.

– Probabilmente è quello che sentirò anch'io.

– Probabilmente non sentirai nulla se non ti sei abituato a riconoscere gli odori adesso che ne hai il tempo.

– Perché no? È un buon esercizio imparare a riconoscere gli odori.

– Lo fai?

– A volte non puoi proprio evitarlo, ma di solito lo faccio, sì; e dagli odori a volte puoi capire quello che c'è attorno a te, se hai imparato a farlo bene.

– Anche questo l'hai preso da me?

– Non so darti una risposta sincera. Gli odori colpiscono e sono intensi o leggeri. È una buona cosa saper dare loro un nome o una provenienza.

– Di me dicevano che non mi lavavo molto.

– Ho conosciuto persone così e quando mi erano vicine mi aspettavo di sentire sempre quell'odore che a volte era un loro tratto distintivo. Se non lo sentivo subito annusavo intorno e alla fine lo riconoscevo. Avevo un amico con un odore particolare che era kerosene della stufa per scaldare la casa e fumo di sigarette economiche e corpo non lavato e ancora qualcos'altro di acuto e pregnante che era soltanto suo e non ho mai sentito in altri.

– Ti dava fastidio?

– Mi faceva uno strano effetto: dovevo sentirlo e non ero mai in vera sintonia con la sua presenza se non lo sentivo, e poi mi scostavo perché non mi piaceva. Un riconoscimento olfattivo, direi.

– Mi piace questa descrizione. – annuì e sorrise.

– Poi c'erano delle donne che avevano un odore acre. Per

quanto facessero e quante volte si cambiassero quell'odore non le lasciava mai. E alla fine, se pensavo a loro risentivo sempre quell'odore che diveniva un tratto distintivo come i gesti o la voce o il modo di portare i capelli.

– Altri odori?

– Buoni? – chiesi – C'è il pane appena sfornato e ancora caldo, e quello della focaccia in Liguria. E quello dell'arrosto o dei peperoni abbrustoliti o quelli più semplici della frutta o dell'olio per il legno o della coccoina che usavo da bambino che sapeva di mandorle. Ci sono i sapori di cibi che vorresti mangiare fino a scoppiare, tanto ti sei lasciato prendere dal loro odore, che alla fine chiami profumo per distinguerlo da quelli spiacevoli. C'è un whisky che mi piace e a volte ne assaggio: ha odore di torba e di fumo e lascia un buon sapore sul palato.

– Queste sono cose semplici. È facile scrivere di questo, e se sei stato bravo nel descriverlo, chi legge può illudersi a volte di sentirlo o avere voglia di assaggiarlo.

– Quando ero ragazzo c'era una tabaccheria a Varazze dietro casa, e là dentro sentivi gli odori più buoni mischiati fra loro tanto da farne uno e piacevolissimo. Se ti spostavi lungo il banco potevi riconoscerne qualcuno: il forte tipico del Kentucky toscano o quello aromatico dei tabacchi da pipa melassati e quello più deciso del Latakia. Poi c'erano le sigarette: virile l'odore di quelle italiane, acre quello dei tabacchi francesi, e dolciastro quello dei Virginia americani e inglesi. – scossi la testa – Oggi quell'aroma non c'è più, ma se chiudo gli occhi e mi concentro lo posso sentire, e allora rivedo la lunga parete dietro il banco con quei pacchetti di varie forme, e poi quelli che mi piacevano di più: i cofanetti bianchi simili a portasigarette delle Turmac ovali; due file sovrapposte separate dal cartoncino bianco per prendere un appunto all'occorrenza; e il loro profumo era il migliore: tabacco macedonia.

– L'ho fumato in Turchia, mentre seguivo l'esercito greco in ritirata.

– È passato tanto tempo. – alzai le spalle – Ne ho soltanto un lontano ricordo e forse non lo sentirò più, ma credo che saprei riconoscerlo se lo fiutassi ancora una volta. Potrebbe neutralizzare l'odore della morte?

– Forse, ma mai a lungo perché ogni odore buono è odore di vita.

– E quelli cattivi?

– Della vita che non vorresti, – rispose – ma che è l'unica che ti è toccata, probabilmente.

– Oh, beh. – dissi – Mi ci è voluta quasi tutta la vita per capire che non devi premere esageratamente lo spazzolino contro i denti quanto li lavi; piega le setole e alla fine graffia e non pulisce più come da nuovo.

Mi fissò e poi rise, dapprima adagio e poi più di gusto.

– Una buona osservazione. – ancora rise – Potrebbe stare bene in un libro di consigli per imparare a vivere. Sempre ammesso che ci sia qualcuno non così presuntuoso da sapere tutto.

– Comunque se vuoi scrivere e non sai come cominciare – sentenziai – scrivi una frase sincera, la più sincera che ti viene.

– Lo dici per dimostrarmi che hai letto attentamente dei miei primi sforzi per scrivere come volevo?

– Sì. – e risi io stavolta – E funziona. Magari non subito, ma dopo un poco viene un'altra frase, il ghiaccio si rompe e diventa facile andare avanti.

Annuì adagio e pareva compiaciuto ma forse era soltanto una impressione mia.

– Puoi amarmi per questo consiglio? – chiese infine.

4 - Il coraggio

Non era che un vigliacco e quella era la maggior sfortuna che un uomo potesse avere.
(Per Chi Suona La Campana)

Avevo ricuperato una bottiglia di Valpolicella e sapevo che gli piaceva bere direttamente dalla bottiglia.

Su di noi era ora un chiarore soffuso che pareva venire dall'alto; ma non c'era soffitto e il posto non aveva niente di definito o comparabile a qualcosa di conosciuto: potevamo essere in una cantina o nella stiva di una nave nella luce pomeridiana dal boccaporto, o al Partenone al crepuscolo, ma senza tetto. C'erano panche dove sedere ma eravamo in piedi.

– Raramente i tuoi personaggi fumano. – dissi – Però tutti bevono.

– Bere è una buona cosa. Ti rende uomo.

– Anche le donne dei tuoi romanzi bevono. Magari non quanto gli uomini, ma bevono.

– Se non bevi non puoi capire. – teneva la mano attorno al corpo della bottiglia, non intorno al collo e ne prese una sorsata – Io diffido di chi non beve. Per il fumo è diverso. Toglie gli odori dal naso, e se vuoi cacciare non è molto utile.

– Ti dà coraggio?

– Ti fa meno coniglio. Serve per fare quello che da sobrio non faresti. Nell'agosto '44, mentre Parigi era in festa per l'ingresso delle divisioni della *France Libre* di Leclerc, ero completamente ubriaco nella sala del Ritz quando sparai a Malraux. L'antipatia risaliva ai tempi della Spagna. Ero entrato a Parigi da sud-ovest, sulla strada di Versailles con una banda di partigiani. Ero passato da Sylvia Beach in rue de l'Odeon poi ero corso a liberare la cantina del Ritz, e quando Malraux mi venne davanti con la sua bella divisa da colonnello chiedendomi quanti uomini avessi ai miei ordini affermando che lui ne aveva duemila, mi irritò talmente che gli sparai, lo mancai e centrai uno specchio. Da sobrio mi sarei limitato a ironizzare sulle sue doti di colonnello.

– Il tuo famoso coraggio… – osservai – Ma davvero gli hai sparato o anche questa è una balla?

– Beh, è partito un colpo di pistola. – tagliò corto.

– C'è una particolarità di te che mi ha spesso incuriosito, – lo interruppi – le esagerazioni nella descrizione di alcuni tuoi episodi di vita reale contrapposte alla sobrietà dei tuoi scritti; e anche una buona dose di megalomania. – aggiunsi, e sorrise – Sei capace di raccontare una cosa arricchendola ogni volta di particolari fino a convincerti che sia accaduta davvero. Mi ricordi un amico che era il più gran ballista che abbia mai conosciuto. Se raccontavo di aver fatto qualcosa, ecco che lui dopo poco ti spiegava di averla fatta anche lui ma che la sua era meglio.

Pareva interessato e fece segno di sì annuendo appena, per farmi capire che dovevo andare avanti a raccontare.

– Beh, per dirne una, era fiero delle sue origini tedesche, e fu molto colpito dal film *La Caduta Degli Dei* che narrava della casata von Essenbeck. Alla fine si convinse di essere un loro discendente; ci restò malissimo quando la madre lo smontò dicendogli che era un nome inventato da Visconti non potendo usare quello dei Thyssen: aveva deciso di passare l'estate in Germania a far ricerche sul suo casato.

– Oh. – annuì – Mi sarebbe piaciuto conoscerlo: gli avrei commissionato un'indagine anche sulla famosa casata degli Hemingstein[19].

---

19 *uno dei soprannomi che usava per se stesso. Il gioco è sull'ebraismo del cognome storpiato in contrapposizione all'ideologia nazista antiebraica di membri della famiglia Essenbeck.*

– Sai, – dissi – credo di cominciare a capire cosa sono le balle.

– Davvero?

– Sono proiezioni della mente, ma un bel po' gonfiate? – chiesi e mi aspettavo un commento che non venne – Magari avresti voluto farlo e il buonsenso te l'ha impedito, forse. E al momento di spiegare come andarono i fatti, il desiderio di chiarire che per antipatia gli avresti volentieri sparato ha trasformato un pensiero in azione esagerandolo; così dici di averlo fatto, ma eri ubriaco e il colpo è andato in aria; un modo per rappresentare la misura della tua avversione: tale da sparare. – fece una smorfia e mi venne da ridere – In alternativa c'è la solita vecchia storia della scarsa stima di sé che fa esagerare i racconti pensando così di essere più apprezzati; non credo che tu la preferisca.

Non disse nulla. Guardò la bottiglia di Valpolicella ma non bevve.

– Ti risparmio la battuta sul coraggio che tutti possono avere in battaglia ma pochi hanno tutti i giorni. – rispose invece riprendendo il discorso di prima – Bere ti permette di non pensare troppo alle conseguenze, che sono il vero freno all'azione.

Ebbi l'impressione che qualcosa lo stesse distraendo, così non parlai e aspettai che fosse lui a continuare.

– A volte non è possibile non prevedere; questo deve fare un uomo se vuol far bene il suo mestiere; ma se ci sono cose che vuoi fare, al diavolo la maledetta prudenza. Bevi quel che serve per sentirti bene e capace di fare quello che vuoi e poi agisci.

Guardò ancora la bottiglia del Valpolicella che teneva in mano e la alzò contro la luce, e fissò l'etichetta bianca.

– Tutto diventa semplice se hai bevuto: sciogli i freni e allora esce la parte di te più autentica. – sembrava parlare alla bottiglia più che a me – Dì la verità, o perlomeno quella che tu consideri la tua verità. Bere rende le cose più chiare, a patto di non esagerare. Ma se vuoi dare forza alle verità ultime, quelle che stentano a uscire perché sono le migliori, bevi di più ma fermati prima che sia l'alcool a possedere te. Ma non bere quando scrivi, fallo dopo che hai finito e se il lavoro ti pare buono: come un premio.

– Questo è bere?

– Puoi bere perché sei alcolizzato o perché ti dà coraggio o perché non hai coraggio, o soltanto perché ti serve essere lucido; ricordi cosa dice Pablo nella caverna? Io ho bevuto in tutti i modi e per tutti gli scopi, e alla fine è rimasta soltanto la voglia di bere.

– A Fossalta eri ubriaco?

– A Fossalta consegnavo posta e cioccolata, poi è arrivato un maledetto shrapnel che mi è esploso vicino e sono finito a terra con le gambe piene di pezzi di ferro. Non pensavo che ci fosse niente di eroico nel distribuire la cioccolata e mi ritrovai con una fottuta paura di perdere la gamba; e dopo eroe di guerra, per giunta.

– Continua, per favore.

– Non c'è molto altro. Non lo mostravo perché mi sentivo ridicolo dopo tutti quei bei discorsi sull'accettare di morire, ma il pensiero di essere amputato mi terrorizzava, la notte soprattutto. Pensavo che l'unica possibilità semplice fosse spararmi con la pistola d'ordinanza, ma al primo posto di medicazione dove mi portarono non l'avevo più con me. Bevevo per tenere a bada la paura, ma non serviva. Sudavo al pensiero e bevevo; mi andava bene restare zoppo magari, ma non senza gamba. – prese un sorso – Quando seppi che mi operavano e non l'avrei persa quello fu uno dei momenti migliori. Ma non ero un ferito qualsiasi. Mi mandarono a Milano e dai migliori chirurghi. Un altro, non americano, sarebbe stato operato nell'ospedale da campo dal primo dottore disponibile e gli avrebbero salvato la gamba oppure gliel'avrebbero amputata, secondo la bravura del chirurgo o da quanto era ubriaco mentre operava. Io ero un ferito di riguardo: potevo darmi delle arie e scherzare sul passato pericolo; poi la medaglia d'argento e la fama conquistata per sempre trascinandomi al posto di medicazione con un ferito italiano sulle spalle e le gambe piene di schegge. Anche se avevo perso il dono dell'immortalità nacque così la leggenda del coraggio, e da allora fui costretto a essere all'altezza di quei giorni. La piega amara nei miei scritti era per non diventare uno di quegli sbruffoni che glorificano se stessi ma, Cristo, se avevo paura! In quella e in un mucchio di altre occasioni. E ho imparato anche che dire di aver paura ma agire lo stesso era ancora una volta coraggio. E anche parlarne con ironia, come fosse cosa ordinaria.

Mi parve di sentire una nota di tristezza nella voce, ora.

– Ma il vero coraggio era di quei ragazzi che aspettavano per giorni di morire in quelle trincee. – di nuovo guardò l'etichetta, poi alzò le spalle – Il coraggio che serve davvero si impara come ogni fottutissima cosa: come scrivere, e fare l'amore e dire quello che pensi, tutte cose per le quali ci vuole una buona dose di liquore.

– Macomber[20] impara il coraggio? – chiesi.

– Lo impara con un mucchio di altre cose: che la moglie è una vacca ma non ha il coraggio di lasciarla, che ha fatto una figura pessima davanti a tutti scappando al ruggito del leone, che non potrà mai portare a casa nulla di quel safari se vuole essere onesto veramente con se stesso. In un breve attimo vede la verità, che non è il fegato che gli è mancato ma è la sconfitta, molto più difficile da accettare se hai un po' di rispetto per chi sei. – indicò una panca, mi fece segno di sedere e si lasciò andare vicino a me – Quando la moglie gli spara incidentalmente durante la caccia al bufalo, lui sa

---

20 *Breve La Felice Vita Di Francis Macomber – I Quarantanove Racconti*

di aver guardato dentro di sé e di aver trovato il rispetto, e che potrà farlo in qualsiasi altro momento; e potrà piacersi senza aver bisogno di nessuno a ricordarglielo: è diventato maggiorenne. Prova eccitazione ed euforia per la scoperta; potrà fare scelte che prima lo spaventavano, compreso il divorzio. Lei lo capisce e per questo finge un incidente, gli spara e lo uccide.

– Per la verità non hai spiegato bene come gli sia passata la paura. Dici che "*è come una diga che si rompe*".

– È nel susseguirsi degli eventi: L'azione, la mancanza di tempo per pensare e il successo del primo colpo al bufalo che lo ha rinfrancato; matura così la volontà di riscatto per il fallimento del giorno prima con il leone. È arrabbiato con la moglie che si è fatta sbattere dal coraggioso cacciatore bianco, e la rabbia crea le premesse, poi resto è una serie di sequenze fortunate che alimentano il coraggio. Tu credi che ci sia altro?

– Una azione come conseguenza di un'altra?

– Ho detto che era rabbioso, con la moglie e con Wilson. – spazientito disse – La rabbia non è una molla sufficiente?

– Non ancora, no. Dal racconto si capisce che altre volte è stato rabbioso con la moglie che andava con altri uomini. Perché questa volta non è come le altre?

– Perché esiste un maledetto momento in cui qualcosa cambia? – chiese risentito – E quello era il suo momento, ti basta? Rabbia che non corrode dentro ma produce qualcosa di diverso.

– Forse sì. – non ero ancora soddisfatto e alzai le spalle.

– Forse no. – borbottò – Tu vuoi che ti spieghi quando e come viene il coraggio, questo vuoi.

– Sì. – ammisi – Credo di sì.

– È una questione di fortuna e forse di destino di uno e non di un altro. – scivolò più vicino a me sulla panca – Ma anche di occasioni che fanno ripetere quella alchimia anche in altri momenti. Se ci sono altre occasioni e altri momenti sarai coraggioso più volte, diversamente lo sarai stato una volta sola. – alzò la bottiglia – E una buona bottiglia di gin ti aiuta a creare le occasioni, anche se alla lunga ti spappola il fegato e finisci per bere soltanto perché pensi che il tuo coraggio se ne stia nascosto molto sul fondo.

– Non lo so. Sei certo che anche questa non sia una balla? Una battuta da film? – dubbioso dissi – Io credo che l'enfasi sia nel costume americano come l'iperbole e l'esagerazione e le balle, ne ho trovate anche in Mark Twain.

Mi interruppi ma non disse nulla.

– L'Americano – ripresi a dire – ha creato una nazione da territori sconfinati e non sempre con mezzi puliti. I lirismi e le alterazioni di certi racconti hanno conferito alla faccenda un'aura epica, certamente affascinante ma non poche volte lontana dalla verità.

– Ci può stare. – annuì.

– Prendi Little big Horn. – dissi – In libri che ho letto e in film che ho visto è raccontata con toni epici, ma da qualche altra parte ho letto che è stata una incauta valutazione. Una breve battaglia costata 270 cavalleggeri, ma con un'eco che ancora oggi la fa ricordare come un feroce massacro da parte di selvaggi e una sconfitta militare così bruciante da dover esser vendicata anni dopo col massacro di Wounded Knee. – mi interruppi, per provare a spiegare meglio – Dopo la conquista del Regno delle due Sicilie e l'annessione al Regno d'Italia, il governo dovette affrontare la questione del brigantaggio, che è un termine sbrigativo per liquidare la resistenza posta in atto dai patrioti meridionali fedeli ai Borbone e poi assoggettati ai Savoia. Larga parte del sud dell'Italia non voleva essere annessa, e dopo un discutibile plebiscito il governo mandò l'esercito e i Carabinieri per la repressione, proprio come voi mandaste l'esercito contro i Pellerossa che difendevano il loro territorio e le loro tradi-

zioni. E furono spietati: misero a ferro e fuoco villaggi so-
spettati di dar rifugio ai banditi e nei primi dieci mesi fucilarono 9.800 presunti briganti. Niente di tutto ciò era scritto
nei libri sui quali studiavamo, e ci hanno sempre fatto credere che il meridione non vedeva l'ora di essere annesso al
Regno d'Italia mentre non era affatto così. Fu una guerra civile che durò dieci anni. Voglio dire che ogni nazione ha
scheletri nell'armadio, ma voi ne avete fatto un'epopea,
spesso con delle belle balle.

– Continua – disse.

– Il vostro modo di esprimervi contiene sempre una frase
di effetto. Il cinema ci ha abituato alle battute sul coraggio,
sulla spacconeria o anche soltanto a battute comiche ma
con paragoni esagerati. Non pensi che questo abbia potuto
influenzarti nell'espressione, e che la ricerca della verità sia
stata nel cercar di ripulire il linguaggio dalle esagerazioni
lasciando i soli fatti a parlare?

– Teoria interessante. – disse a mezza voce e non capii se
intendeva prendermi in giro o se ci pensava seriamente.

– Voglio dire questo: al mondo esistono i popoli, e poi ci
sono gli Americani che fanno ogni cosa meglio degli altri e
la raccontano con magniloquenza. Tu hai visto l'Europa, e la
guerra qui è stata esattamente come la vostra guerra civile.
I morti erano scomposti a Shiloh e a Chickamauga proprio
come a Fossalta, con la medesima espressione sul viso e le
stesse ferite orribili. – non mi interruppe, così continuai –
Gli Europei hanno visto secoli di guerre e da tempo leggono
con molte riserve le reboanti frasi sulle lapidi, chiedendosi
quale sia stata davvero la vita in trincea di quegli eroi loro
malgrado e che nome si possa davvero dare a quel coraggio.
Credo che leggerebbero più volentieri frasi semplici.

– Fatico a seguirti.

– È stata una ribellione all'enfasi americana?

– All'enfasi in generale, direi.

– Da qualche parte ho letto che il coraggio è un capitale
che ognuno spende in misura della propria propensione al
rischio.

– Non so se sia così. – osservò – Posso dirti che esistono
diversi tipi di coraggio e che non riesci a essere coraggioso
sempre, né giovane sempre, né scrittore sempre; forse lo è il
vecchio Santiago[21] che è stato sconfitto molte volte e ha imparato e praticato una virtù che non tutti conoscono: l'accettazione. – credo che faticasse a parlare adesso – Non si
dovrebbe confondere l'incoscienza col coraggio, e io sono
stato incosciente e a volte coraggioso perché non si poteva
fare altro. Forse è davvero un capitale e io l'ho speso tutto e
non mi è rimasta che una soluzione per evitare di esser
pubblicamente sbugiardato.

– Vuoi dire che è stato più facile scegliere di morire?

Piegò la schiena con gli avambracci che poggiavano sulle
cosce; reggeva la bottiglia per il collo e la faceva dondolare
lentamente, ma non bevve.

– La vecchiaia è la più grande delle immorali puttane, e ti
toglie tutto. – la voce era triste – Se sai che ancora potresti
narrare la vita ma ti sfugge il concetto ultimo, quello più
vero che hai rincorso sempre senza afferrarlo, allora capisci
che è la fine, e prima o poi potranno dire che tutto il tuo lavoro era soltanto un bluff. Non serve più bere se ti hanno
preso la memoria e la capacità di scrivere e la dignità. – la
voce divenne quasi un sussurro – Non è difficile morire se
capisci che non ti resta altro.

– Non è una balla? Posso scrivere quest'ultima?

– Scrivi l'ultima spacconata. – sollevò la schiena e parve
riprendersi. La voce aveva un tono di sfida ora – Con Mary
cantai una canzone italiana, e la ripetei mentre lavavo i denti e con la bocca piena di dentifricio. All'alba scesi dalla mia

____

21 *protagonista de Il Vecchio E Il Mare.*

camera e presi la chiave dell'armadietto dove tenevo i fucili.

– Aspetta, sono confuso. – sentii per la prima volta la sua presenza fisica accanto – Hai retto una parte fino all'ultimo per mantenere la credibilità dei tuoi scritti? Eri lucido?

– L'ultima balla l'ha detta Mary, – rispose invece, e alzò le spalle – parlando di un incidente mentre pulivo il fucile. Ma nessuno ci ha creduto.

– No, infatti. – mormorai, ed ero davvero confuso – Volevi che si sapesse che avevi scelto il suicidio?

– Il whisky è stato un valido aiutante, ma all'ultimo non ne potevo più bere e dovevo limitarmi a un po' di chiaretto ai pasti. – posò a terra la bottiglia; gli occhi erano socchiusi dietro le lenti degli occhiali d'acciaio, e mi fissava attento – Quest'ultima non è una domanda, sembra più una scoperta. Di cosa abbiamo parlato finora?

Mi parve di sentire una nota di inquietudine nella voce.

– Se ora credi di saperlo, dimmi: ancora mi vuoi bene?

5 – Lo stile

Uno scrittore che omette le cose perché non le conosce, non fa che lasciare dei vuoti nel suo scritto. Uno scrittore che prende così poco sul serio lo scrivere da essere ansioso di far vedere alla gente come è accademico, colto o ben educato, è un semplice pappagallo.
(Morte Nel Pomeriggio)

Era di nuovo a posto e sereno passeggiando nel giardino della Finca sotto il sole e fra le chiazze d'ombra create dal grande albero all'ingresso, e immaginai che fosse contento di esser tornato lì. Strizzava gli occhi passando nel sentiero non coperto dagli alberi, e intravedevo la nuca abbronzata sotto i capelli grigi che iniziavano a diradare.

– Non hai domande? – chiese.

– Che cos'è un trucco, Ernest?

– Ah. – sorrise – Quello che non devi usare mai quando scrivi.

– Fammi un esempio.

– Non inventare modi per emozionare il lettore; se quello che scrivi è vero, e lo è se ne sai parlare con sicurezza e non per sentito dire e se ti emoziona mentre lo scrivi, quello è il modo migliore.

– Sembra facile, detto così.

– Non lo è, invece. – fece segno di no con la testa – Devi sempre sorvegliare te stesso mentre scrivi, per non farti prendere la mano dall'enfasi. Fai in modo che gli giunga l'emozione, e qui entra in ballo la tua capacità di fargliela arrivare. Non descriverla ma falla accadere: che nasca dai dialoghi, dall'azione e da ciò che è intorno ai personaggi, ma sempre curando che il tutto giustifichi la narrazione. *Non servono mai troppe parole, così non parlarne mai troppo o non si apprezzerà più nulla.* – si coprì gli occhi con la mano e fissò il cielo – Elimina il superfluo e riuscirai a trasmettere una vicenda che sarà percepita come propria; e così sarà facile credere che sia davvero accaduta.

– Altro?

– Niente è buono quanto le riflessioni indotte dall'azione. Nell'azione il tuo cervello deve mandare coordinazione alle mosse che farai. Così, se pensi bene, ogni azione sarà legata alla precedente e preliminare alla seguente.

– Era questo il segreto del tuo stile?

– Era in poche semplici regole che mi ero dato e che mi sforzavo di imparare a rispettare. – mosse adagio la mano in aria – E anche qualcos'altro come un poco di orecchio e un certo gusto estetico.

Non dissi nulla e riflettevo sulle sue ultime parole.

– Te lo spiego con una storiella sul vostro eroe nazionale: Garibaldi. – fece un'espressione divertita – Bene: vinta la battaglia di Bezzecca si lancia all'inseguimento del vostro nemico storico ma è fermato dalle solite maledette ragioni politiche. Molto alterato si infila in un ufficio postale e detta un telegramma di protesta al Re, lunghissimo e pieno della frustrazione per essere stato fermato. Chiede quanto deve pagare e l'impiegato dopo aver contato le parole risponde che costa dieci lire. Gli eroi veri sono pieni di azione ma con le tasche sempre vuote; sentito il costo gli dice di tagliare tutto e lasciare soltanto: Obbedisco.

– Vuoi dire che i tuoi cablo erano stringati all'essenziale per problemi di soldi?

– All'inizio ne avevo molti. Ero corrispondente estero e guadagnavo se il Toronto Star mi dava qualche servizio, ma non era un buon modo per riuscir a diventare uno scrittore. Mi è sempre piaciuto dire che non erano abbastanza; una scaramanzia dal pericolo di finire povero. – fece una specie di scongiuro con le dita della mano.

– Sei superstizioso?

– Anche se non è razionale ti garantisco che a volte serve. Forse dà tranquillità mentale o ti infonde un po' di fiducia. – si strinse nelle spalle – Ma quello che intendevo è che per raccontare la verità non occorrono molte parole.

Socchiuse gli occhi e comparvero delle rughe attorno e lo sguardo si fece tenero.

– A Parigi stavo nel Quartiere Latino, con Hadley e buone idee che maturavano su quello che mi ci voleva per essere uno scrittore. Non mancavano cose da raccontare e sapevo di poterlo fare, ma ancora non avevo ben chiaro come dare forza agli scritti. Credevo nella poesia e ne scrivevo, ma nel racconto c'era più soddisfazione. A volte annotavo qualcosa e cercavo di svilupparlo poi, e alla fine mi dissi che non doveva esser difficile scrivere quello che sapevo e trovai un modo: scrivere una cosa vera, la più vera che riuscivo a pensare, e poi attorno ad essa sviluppare una storia. Scoprii che non importava l'introduzione né spiegare l'ambiente o i personaggi; erano tutte cose che potevano essere saltate se il nodo della storia era scritto con verità: quello che contava era già lì nel racconto senza necessità di spiegare altro. Scrissi un buon racconto che non piacque alla Stein e poi un altro che invece piacque a Ford Maddox Ford, e lo volle nella sua rivista. Ma ancora avevo bisogno di lavorare come corrispondente, perché non vendevo.

Si fermò davanti ai cumuli di terra che erano le sepolture dei suoi cani, poco oltre era la Pilar in secca poggiata sui supporti.

– Davvero eri squattrinato come hai detto? – insistei.

– Non ne avevo quanti ne avrei voluti; guadagnavo con gli articoli e le corse dei cavalli e c'era la rendita di Hadley, che nella Parigi di quegli anni, col cambio del dollaro di uno a quindici, se spendevi soltanto per le cose veramente utili, ti lasciava vivere; ma mi serviva il lavoro di corrispondente. Nel settembre del '22 mi mandarono in Medio Oriente per la guerra Greco-Turca. Gli articoli erano buoni e mi resero quattrocento dollari. – fece un sorriso amaro – La guerra è sempre una buona scuola di scrittura. Per tutto quel tempo affinai lo stile: dire quello che serve per far capire. Scrissi quello che vedevo senza fronzoli inutili. Era una guerra, perdio, e non occorrono molte parolone per descrivere come imparare a odiarla. Stringevo ai fatti, che poi sono i soli che contano; e la disperazione dei Greci in ritirata stava tutta in quella lunga e disordinata colonna di profughi che si trascinavano stancamente sotto la pioggia a Smirne per imbarcarsi. Se racconti i fatti, riuscirai a far comprendere lo stato d'animo di chi è coinvolto e le sue motivazioni. Se osservi bene puoi limitarti a raccontare questo, e sarà vero. – si interruppe, e immaginai che volesse spiegare qualcosa.

– Scrivendo, impari che esiste una economia. – riprese a dire – Che quello che vedi oggi e non puoi raccontare sarà buono domani, a patto che tu abbia una buona memoria e abbia saputo guardare quello che c'è da vedere. L'esercito greco incalzato dai Turchi lo raccontai in *Addio Alle Armi* come la ritirata di Caporetto.

Annuii, ricordavo di averlo letto. Sorrise e proseguì.

– Giorni dopo mi mandarono a seguire la Conferenza di Pace a Losanna che doveva dirimere le dispute territoriali fra Grecia e Turchia. C'era anche Mussolini come capo del governo italiano. Mesi prima lo avevo intervistato a Milano e mi aveva fatto una buona impressione. Parlavo con altri corrispondenti e uno aveva delle teorie precise sui dittatori che finirono coll'influenzare le mie opinioni sulla politica internazionale.

Ancora annuì ricordando quel periodo.

– Mussolini ci ricevette tutti insieme, noi corrispondenti, e non concesse nessuna intervista privata. Spedii il lavoro per cablo e fu un buon articolo, ma lui se la prese perché scrissi che era un bluff, e che *è pericoloso organizzare il pa-*

triottismo di una nazione se non si è sinceri[22]. – fece una smorfia – Ci accolse seduto a una scrivania e senza alzare gli occhi da un libro che aveva davanti: per farci credere di essere un intellettuale, suppongo, ma era solo un dizionario francese-inglese capovolto. Quell'articolo e il racconto della ritirata di Caporetto mi valsero l'ostracismo dall'Italia per tutto il tempo del fascismo.

– In alcuni passaggi di *Morte Nel Pomeriggio* hai lasciato buone osservazioni sulla scrittura.

– Sono stato verboso in quel libro e non poche volte mi son dato del fanfarone. La volgarità che infastidiva le mie raffinate lettrici spesso mi è servita per celare il pudore di certe confessioni sui miei sentimenti. Ora potrei dire che era imbarazzo da ex-bigotto, – fece un gesto nell'aria – ma pare che il mio stile sia stato importante per molti, tanto da scriverci sopra in minuziose analisi.

– Spesso è definitivo. – osservai – Adesso mi torna alla mente una battuta di Robert Jordan; la lingua più definitiva di tutte per dire "morto" è il tedesco: *tot*.

– Riconosco che con una buona descrizione talvolta ho dato forza anche a situazioni risibili. – annuì ancora – A una frase di quel libro sono molto affezionato, perché era molto sincera: *"All'epoca facevo i miei primi tentativi di scrittore e trovavo che la maggior difficoltà, oltre al rendersi veramente conto di quello che si prova e non di ciò che si suppone si debba provare e si è imparato a provare, consisteva nel buttar giù ciò che veramente accade nell'azione: quali erano le cose che effettivamente suscitavano l'emozione provata. Scrivendo per un giornale bastava dire quel che accadeva, e con questo o quel trucco si comunicava l'emozione, aiutati dall'elemento di temporalità che dota di una certa emozione qualunque resoconto di una cosa accaduta in quel certo giorno; ma la cosa*

---

*vera, il seguito di movimenti e di fatti che ha prodotto l'emo-
zione e che sarebbe altrettanto valida dopo un anno o dopo
dieci anni o, se si ha un po' di fortuna e la si fissa con purezza,
per sempre, era al di fuori di me e lavoravo con molta fatica
per cercare di afferrarla*[23].

– Sono passati anni da quando l'hai scritta, ma ancora
oggi conserva forza. Direi che è una buona lezione.

– Bah. – mosse adagio la testa sotto il sole – Nei miei vari
tentativi mi sforzavo di affinare una tecnica che rendesse vi-
gorosa la prosa, e così provai a omettere le spiegazioni e
concentrare il racconto soltanto sui fatti, ignorando il prima
e il dopo e limitando lo scritto a chi e dove per introdurre il
lettore nel perché; cercavo di imparare come narrare nel
modo più semplice: e la più semplice di tutte era la morte,
per quel codice che mi ero dato nel vedere le cose. C'erano
scrittori che al momento di descriverla la rendevano una
cosa di effetto. O non l'avevano mai vista o giravano intorno
con molte parole come se il fatto in sé non fosse sufficiente:
la cosa più definitiva che ci sia.

– Ci sono modi per imparare a esser concisi. – osservai –
Ho un calendario da tavolo con una sola riga a lato del giorno; per un appunto c'è poco spazio, e quello che scrivi deve
essere essenziale ma chiaro per ricordarlo poi. Non ho una
gran memoria per le cose di tutti i giorni.

– Davvero?

– Però a volte mi scordo di guardarlo... – borbottai, e vidi
che sorrideva.

– Negli ultimi anni finii col prendermi una segretaria.

– Non posso permettermela. – feci un gesto con la mano
per accantonare il discorso – Ne hai scritta anche un'altra
che è buona: *"Se un uomo scrive con sufficiente chiarezza,
chiunque può vedere se imbroglia."* [24]

---

23 *cit.*
24 *cit.*

– Un libro che fece discutere i critici; intendevo scrivere la rappresentazione della morte e la dignità per affrontarla; la corrida è un duello fra l'uomo e la natura, una tragedia con delle regole precise. Ero stato grande a detta dei critici con *Fiesta* e *Addio Alle Armi* e qualche buon racconto; si aspettavano un altro romanzo, e *Morte Nel Pomeriggio* non lo è. Contiene delle riflessioni su ciò che mi era servito per raggiungere certi livelli di scrittura che volevo, e la corrida mi ha insegnato molto.

– Hai dato l'idea di molta competenza sull'argomento.

– C'è asimmetricità nel destino degli attori che celebrano la tragedia. – alzò il braccio per spiegare – Il toro entra una sola volta nell'arena e per morirci; il torero che impartisce la morte lo fa seguendo un rituale preciso, senza togliere dignità al toro né sacralità allo spettacolo, come il sacerdote che sacrificava nelle religioni pagane. Sapevi che alla fine il toro morto è macellato e distribuito ai poveri? Come un atto religioso: il sacrificio, la morte, l'eucarestia.

– Come lavoravi veramente?

– Come ho detto: ogni giorno rileggevo quello che avevo scritto il giorno prima, e fino a quando era possibile farlo prima che il testo già scritto diventasse troppo lungo; dopo rileggevo gli ultimi capitoli e spesso correggevo i pezzi già scritti per dare continuità al lavoro.

– Rileggere e riscrivere. Non è così che va fatto? E quindi non c'è nulla di strano e mi sorprende che pochi lo facciano. O si credono molto bravi o hanno poca considerazione per il proprio lavoro.

– Non fai così anche tu?

– Dapprima perché tu lo facevi. – ammisi – E comunque perché mi è parso un buon consiglio. Poi un altro mio modo è vivere con la storia fino a quando non è finita. Da qualche tempo uso anche un altro sistema quando rivedo lo scritto: la scelta della parola, usando il dizionario quando è il caso.

– Sì, è un buon modo.

– C'è una cosa che forse è infantile ma che curo molto da quando scrivo col computer: molte parole a fine riga non ci stanno e magari finiscono a capo per una sola lettera. Potrei usare la sillabazione, ma il programma di stampa non la riconosce e la fa lui, e non è mai come mi piace. Siccome detesto vedere righe con spazi eccessivi fra una parola e l'altra, riaggiusto il fraseggio perché la parola termini dove la riga finisce, ma senza togliere vigore alla frase, ed è un lavoro piuttosto lungo. Secondo me uno scritto, se ti è venuto come volevi, merita anche questo tipo di cura, e l'attenzione che devi mettere difficilmente vien meno se ti impegni a comporre una pagina che sia anche visivamente ordinata.

– È un trucco onesto. – ammise – Non mi sono mai posto questo problema. Usavo una Remington o una Olivetti e alla fine della riga andavo a capo e il dattiloscritto risultava una cosa molto frastagliata sulla destra. Ci pensava la tipografia a sistemare tutto, sillabazione compresa.

– Tu avevi agenti letterari che ti davano suggerimenti, e i libri ai tuoi tempi si compravano e si leggevano. Oggi non è più così. Ogni giorno si pubblicano quattrocento libri e non so quanti altri restano in un cassetto non pubblicati. Questo mare magnum a volte mi fa pensare che l'alfabetizzazione di base ha creato molta gente che ha voglia di dire e meno gente che ha voglia di ascoltare (leggere nella fattispecie). Tu con i tuoi libri hai vissuto; oggi uno scrittore non arriva nemmeno alla casa editrice, e se è così bravo da arrivarci non ha la tiratura che avevi tu. – alzai le braccia – Voglio dire che la vita di allora concedeva molte più occasioni per sedersi e leggere; non erano molte le distrazioni, e meno ancora il denaro per poterle soddisfare. Compravo i tuoi libri nelle edizioni economiche, e dopo aver letto tutto quello che hai scritto e pubblicato prendevo in prestito i libri di altri scrittori alla biblioteca. Con centoquattro lire ti facevi una tessera che durava un anno. Oggi non credo che siano in molti a farlo ma allora era una pratica diffusa, e leggere era facile ed economico.

– Ti è davvero piaciuto quello che ho scritto? – avevamo ripreso a passeggiare sotto il sole.

– Molto di quello che hai scritto, sì. Alcune storie erano ottime, altre lo erano meno ma erano comunque buone. Poi c'erano frasi, e ne ho trovate in tutti i tuoi testi, che avevano il valore di verità assolute, delle pietre miliari messe nel corpo del racconto che mi lasciavano a chiedermi se avrei mai potuto scriverne anche io, se sarei stato capace di certe osservazioni. Di molti dei tuoi scritti mi sono piaciuti gli incipit. – alzai le spalle – Hanno detto che le difficoltà di chi inizia a scrivere sono le prime parole o la prima frase. Di *Avere E Non Avere* mi è piaciuto l'attacco del dialogo subito dopo le prime otto righe di ambientazione: ti getta dritto nella storia con uno stile hard-boiled alla Dashiell Hammett e gli sconfitti per protagonisti.

– Il suo modo secco di trattare gli argomenti mi aiutò per un racconto[25]. – alzò le spalle – Mi trovava irritante; forse si credeva il padrone di un modo di raccontare. Beh, non ha inventato lui il modo di scrivere ricorrendo a espressioni gergali né il codice etico che un uomo deve avere e neanche lo stile distaccato per mascherare la compassione.

– Certi toni di *Verdi Colline D'Africa* li ho trovati troppo sarcastici e sprezzanti, ma mi sono annoiato soltanto con *Vero All'Alba*. – continuai dopo aver concesso un poco di pausa alle sue parole – Io non lo avrei pubblicato, ma il tuo nome ancora oggi vale quattrini, e capisco le ragioni degli eredi.

– Se avessi voluto lo avrei fatto pubblicare io mentre ero vivo. – scosse la testa e fece un'espressione disgustata – Lo

---

25 *Gli Uccisori*

sai anche tu, si comincia a scrivere di una cosa e pare una buona idea, ma poi ti coglie il senso dell'inutilità per quello che stai scrivendo: te ne accorgi dalla difficoltà a trovare il tuo modo di raccontare. Magari sono cose buone, magari sono ancora raccontabili, ma poi ti viene una domanda: perché farlo? Ed è sempre più difficile persino trovare le parole per andare avanti; capisci che quello che scrivi non ti appartiene, non hai più il diritto di sentirlo tuo; e non è questione di metodo di lavoro o di regole da rispettare se vuoi scrivere: non c'è più la giustificazione di continuare a scrivere quell'argomento. Le parole non hanno più il vigore che in altre occasioni avevano, e quello scritto rimane un progetto che finisce in un baule; e lì resta fino a quando qualcuno che dice di averti amato sente il bisogno di rinverdire amorosamente la tua memoria; lo tira fuori e completa le pagine mancanti per arrivare alla fine come avresti fatto tu. Ma tu non l'hai mai finito, questa è la verità.

– Sì. – annuii – Credo che succeda a molti di lasciare un testo incompiuto, ma anche di non voler che nessuno lo finisca come pensa che lo avresti finito tu. – mi strinsi nelle spalle – Però io non sono innovativo come te, e i miei lavori staranno incompiuti nel baule senza nessuno che si dia la pena di finirli; e poi il baule in una discarica, in attesa della distruzione.

– Per contro, – rise di gusto – so di un mucchio di lavori che sarebbero dovuti rimanere nei bauli e sono invece nelle vetrine.

– Mi son chiesto un bel po' di volte in passato che cosa determini la pubblicabilità: lo spessore dell'argomento? le conoscenze dell'autore? lo stile facile e scorrevole? il fiuto dell'editore? la fortuna? – storsi la bocca – E alla fine ho smesso di chiedermelo.

– Nel mio caso mi piace credere che sia stata l'onestà.

– Non sei più un fanfarone ora?

– Sono l'imbonitore di me stesso, e sempre ho cercato la forma più onesta per dire le cose, sempreché tu scelga di essere onesto con te stesso. Io ho scelto di esserlo nei miei scritti, per farmi perdonare le spacconate della vita.

– Ho letto di gente che ha scritto su di te. Alcuni parevano conoscerti bene e poco apprezzavano i tuoi atteggiamenti.

– Pensavo che dopo il successo avrei potuto spacciarmi per il modello dei miei personaggi, – annuì – ma più si andava avanti più capivo di dover essere quello che sono stato perché i miei personaggi cessassero di essere letterari e vivessero oltre la loro tragica sorte letteraria; che la loro vita poteva essere di lezione per come la affrontavano. – si fermò all'ombra di un albero – Qualcosa deve avermi preso la mano, così resta soltanto la dignità che sono riuscito a mettere nei personaggi, mentre la mia credibilità è stata piuttosto scossa.

Non dissi niente ma mi pareva un ragionamento un po' capzioso. Mi guardò poi si voltò e guardò a lungo l'ingresso della Finca.

– Cristo santissimo. – sbottò – Avete tutti una morbosa curiosità di conoscere lo scrittore e fargli i conti in tasca. Stramaledetti ficcanaso! non potete accontentarvi di quello che ho scritto e lasciare in pace la mia vita.

– Io credo che tutto dipenda dal libro. Se piace, i lettori si chiedono chi sia l'autore; vogliono conoscere meglio chi l'ha scritto, e lo scrittore diventa noto. Poi vogliono sapere se è come i suoi personaggi, se la sua vita è davvero come la scrive, se, se, se...

– Tutte balle.

– Da vivo hai badato poco a tenere separato lo scrittore dall'uomo. Non puoi lamentarti ora, non credi? – osservai, ma mi stavo abituando ai suoi bruschi sbalzi di umore – E comunque io non sono un biografo e quest'ultimo sembra un postumo rammarico inutile.

– Non è inutile per noi, se è vero che mi conosci. – c'era un tono di sfida nella voce, ma anche afflizione.

– C'è una monumentale biografia su di te[26], e riporta solo quello che tu stesso hai autorizzato alla pubblicazione. Ci sono toni encomiastici ma non tutto quello che avrei voluto sapere. Io cerco quello che non c'è, – confessai – e che aiuti a capire, non a giudicare, con un po' di fortuna; per questo vorrei restare sulle cose semplici.

– L'amarezza che provo ora è semplice; molti sanno cos'è e l'hanno provata. – scosse adagio la testa – Ma ti ho detto che potevi scrivere di me, così non sforzarti di piacermi o di dire cose che piacciono. Fai quello che è tuo.

– Sissignore. – dissi – Proprio quello che voglio.

– Chi vuole scrivere e vuole farlo con sincerità non deve cercare consensi, se crede che quello sia il suo posto nel mondo e sempre ammesso che sia lecito credere di averne uno. – era un ragionamento a mezza voce – Uno scritto, se vale qualcosa, dovrebbe aprire ad altri scritti, e allora va reso con la maggior chiarezza possibile. A volte mi pare che ogni opera, di qualsiasi autore essa sia, possa idealmente essere il seguito di quella di altri autori perché riguarda l'umanità intera e i suoi comuni bisogni.

Mi venne alla mente una cosa scordata da tempo.

– Mio padre aveva nel cassetto della scrivania un timbro di gomma, – dissi – raffigurava una candela accesa infilata nella bugia e una scritta intorno: *bruciare per qualcosa*.

– Anche tuo padre scriveva?

– Talvolta lo faceva. Credo che sia un bisogno che molti hanno. Scrivere aiuta anche a coordinare i propri pensieri.

Annuì, alzò gli occhi al cielo e ancora si fece schermo con la mano.

– Cuba era sempre un buon posto per scrivere. – disse – E

---

26 *Carlos Baker – Hemingway, Storia Di Una Vita*

in questa casa ho scritto roba buona. E poi c'era il mare e la pesca nelle acque del golfo. Sai che una volta arpionai una balena ma che poi riuscì a sfuggirmi?

– L'ho letto. Non è una fanfaronata, vero?

– Oh finiscila. – sbottò divertito – Va bene, ne ho sparate anche grosse, ma qualcosa di vero ci sarà pure. No?

– Sicuramente. – risposi nello stesso tono – Ma questa?

– È vera! – confermò – Nella vita non puoi esser sempre burlone né sempre tragico. Qualche volta è utile mollare le redini e far correre i cavalli; ci vuole anche questo tipo di coraggio. E dopo una buona pesca ti assicuro che sedersi al tavolino e scrivere viene meglio. È come avere due vite e in ognuna mettere tutto l'impegno che occorre per ripulirti da tutte le stronzate, e così dare per entrambe il buono che hai dentro. Un buon divertimento ti svuota e ti lascia pulito per quello che farai dopo. Scrivere, cacciare, vivere sono state buone linfe.

– Io credo che i tuoi scritti non siano mai superficiali o di maniera, – aggiunsi – e onesti nel tuo modo di raccontare. Mi piace pensare ora che le fanfaronate possano esser viste come depistaggio da tutta la serietà messa nella scrittura, come uno schermo a protezione della sensibilità, della pietà e dell'amore che hai raccontato, sentimenti che o ci sono o non verranno mai fuori per quanto tu possa sforzarti di far credere di averne. Credo che tu abbia messo molta sincerità e molto te stesso nel tuo lavoro, e che sia inutile chiedersi se ancora ti amano.

Era più alto di me, e alzai gli occhi per guardarlo in viso; mi venne da pensare che fosse veramente importante per lui saperlo, e che tutte le balle forse gli erano servite anche per nascondere quanto lo era davvero.

– Lo chiedo soltanto a te. – mormorò, e teneva sempre gli occhi al cielo.

6 – I protagonisti

Quando uno scrittore scrive un romanzo, dovrebbe creare gente viva; gente, non personaggi. Un personaggio è una caricatura.
(Morte Nel Pomeriggio)

Il lento ondeggiare della Pilar sulle corte onde del Golfo impigriva la volontà. Si stava bene all'ombra, al riparo della copertura del ponte superiore; la brezza era gradevole nel pomeriggio che scivolava verso la sera.

La prua era a occidente verso il sole che si abbassava sul mare, e Cuba era alla nostra sinistra. La barca scarrocciava verso la costa a non più di quattro miglia ma non avevamo ancora voglia di rientrare.

I motori erano spenti e sedevamo vicini, a poppa; beveva il rum direttamente dalla bottiglia che poi appoggiava sul cuscino alla sua destra, e teneva spesso gli occhi chiusi per proteggerli dal sole basso. Era un rifugio quel pomeriggio la Pilar, appartato ma non lontano dal mondo che era oltre le quattro miglia di mare azzurro.

Mi piaceva anche il silenzio quando ero con lui. Non avevo la necessità di far per forza domande, e credo che in quel momento me ne fosse grato, anche se fu lui a rompere il silenzio.

– Sono saliti in tanti sulla Pilar. – teneva sempre gli occhi chiusi – Anche Castro, e l'FBI comincio a controllarmi come presunto filocomunista. E Tracy[27], quando eravamo in Perù per le riprese de *Il Vecchio E Il Mare*. Era uno sbronzone e beveva più di me. – rise – La produzione era seccata perché erano costretti a rifare le scene per quanto era ubriaco, ma risultò convincente nella parte di Santiago.

– L'ho letto da qualche parte. – annuii – Non ti piaceva, mi

27 *Spencer Tracy, interprete della versione cinematografica del romanzo*

pare. – aggiunsi, e alzò le spalle.

– Ci venne anche Coop[28]. – rispose invece – Mi piaceva la sua amicizia, ed era un buon cacciatore.

– Era di sicuro il tipo di personaggio che vive nei tuoi romanzi: puro, autentico e bello. Era Robert Jordan; non riusciresti a pensare a quel film con un altro al suo posto.

– Te lo concedo, anche se il film non fu mai come io avevo scritto *Per Chi Suona La Campana*. Ho provato qualche volta a entrare in un cinema, ma era troppo sentimentale e non ho mai resistito oltre la prima mezz'ora. – aprì gli occhi e si fece schermo con la mano – Non poteva essere altrimenti con una Maria come la Bergman: era una bellezza, e finì che si innamorarono davvero sul set.

– Mi ricordo di questa storia. – dissi – Cooper era sposato e anche la Bergman, e il loro coinvolgimento sentimentale scosse rudemente la puritana Hollywood. Per il successo ottenuto dalla coppia fecero girare loro un altro film, ma poi ne ritardarono l'uscita nelle sale per raffreddare le voci.

– Beh, Coop era un rubacuori. Qualcuno disse che sul set tutti recitano mentre lui si limitava a essere se stesso. – si grattò la barba bianca – Fu anche Frederic Henry[29], e i bacchettoni di Hollywood si inventarono un matrimonio riparatore. – fece una smorfia di disgusto – Adolphe Menjou che censura le lettere è addirittura ridicolo, per non parlare delle motivazioni della diserzione durante la ritirata di Caporetto. I sepolcri imbiancati non gradivano nemmeno l'antimilitarismo. Nessuno dei miei racconti, diventato film, è stato come lo avevo scritto. Ho creato gente autentica, con motivazioni all'azione non dettate dal perbenismo, e quelli che scrivevano le sceneggiature avrebbero dovuto avere la creanza di non rovinare il mio lavoro.

– È stato il primo dei tuoi libri che ho letto. Non avevo an-

---

28 *Gary Cooper*
29 *nella versione cinematografica di Addio Alle Armi del 1932*

cora quindici anni e avrei voluto leggerlo prima, ma mio padre disse che era troppo presto per capirlo.

– Davvero? – mi guardò e parve interessato.

– E così aspettai. – aprii le braccia – Era estate ed ero a Varazze, in spiaggia con una ragazza che conoscevo. L'anno prima si era presa una cotta per me e ci eravamo scritti qualche volta durante l'anno, e quando la rividi quell'estate fui io a prendermi un cotta mentre lei giocava a far l'adulta che civettava con tutti gli altri, e la cosa ora le veniva molto bene.

– E tu? – pareva di buon umore, ora.

– Ci misi un po' a capire, poi feci l'unica cosa possibile: la ignorai e mi misi a giocare con due sorelle, graziose ma non quanto lei. – feci un gesto con la mano per allontanare quel ricordo – Comunque le parlai delle pagine dell'antologia sul tuo ferimento a Fossalta e lei disse che aveva letto il libro e le era piaciuto abbastanza.

– Continua, mi piace.

– Beh, ero molto seccato. Una femmina l'aveva letto e per me era troppo presto per capirlo, secondo mio padre. – era passato tanto tempo ma ancora il ricordo mi infastidiva, e credo che se ne accorse perché non fece commenti – Ne parlava come una che sa, e naturalmente la parte che più l'aveva colpita era l'amore in ospedale e poi il fatto che Catherine era rimasta incinta. Aveva con sé il libro e si offrì di prestarmelo.

– Con sé? – chiese ironico – Che fortunata combinazione.

– Non mi credi, vero? – lo guardai risentito – Lo aveva a casa. I genitori affittavano sempre lo stesso appartamento per tutto il mese di luglio: una casa lontano dalla spiaggia, vicino al Teiro. – ricordando potevo vedere la casa e lei che apriva il portone e saliva le scale mentre io me ne andavo – Me lo portò quel pomeriggio e cominciai a leggerlo la sera stessa e ancora il giorno dopo, e non andai in spiaggia. Lo divorai, e alla fine mi prese una tristezza incredibile. Era diverso da quello che avevo letto fino a quel momento.

– Leggevi molto?

– Molto, sì. Leggevo di tutto. Ero passato dai romanzi di Salgari a Jack London, e Mark Twain, e Jerome, e Hugo e Dumas, e qualche mattoncino come *Le Confessioni Di Un Italiano* e altre robette così; poi c'erano le traduzioni dal latino del *De Bello Gallico* e poeti come Tibullo e Ovidio che facevamo a scuola. – sorrisi ripensando al distico elegiaco – Non avevo ancora letto qualcosa di adulto. Il tuo fu il primo.

– Perché ti venne la tristezza.

– La morte di Catherine, direi, ma anche la fine di un libro che mi piaceva. La pioggia e il dolore di Frederic, l'inutilità di aver creduto in un sentimento che possa durare, il senso dell'abbandono, la vita da quel momento in poi: diversa da come la volevano i protagonisti. Era una tragedia, la fine del tutto. Spesso la fine di un romanzo mette tristezza. Ne ho scritto qualcuno e so come ci si sente dopo: svuotati ma felici per essere riusciti a concludere un lavoro nel quale si è creduto.

– Ho scritto qualcosa del genere nella prefazione. – annuì – Fu un vero successo e nella riedizione mi sentii in obbligo di spiegare. – alzò le spalle.

– Mi ricordo qualcosa. – annuii – A proposito della fine tragica che non ti rendeva infelice perché eri convinto che a vita è una tragedia, mentre era una gioia sapere di avere la capacità di inventare qualcosa e di creare con abbastanza verità da esser contenti per ogni giorno che scrivevi. Forse quella frase mi ha in qualche misura influenzato perché mi ha insegnato a riconoscere quel modo di sentire; e anche se invecchiando non è più la stessa cosa, comunque l'ho provata.

– Così è. – grave disse – E quando non provi più gioia sei vicino alla fine, e puoi valutare da solo il valore del tuo lavoro.

– E questo trasmette una tristezza intollerabile. – adagio dissi – Con ogni scritto si prova a progredire e quello che non ti è venuto da spiegare subito riesce meglio nei lavori successivi; affini la tua tecnica e diviene sempre più facile avvicinarsi a quella verità che vuoi dire. Ma poi ti accorgi che la maturità non ti porta più vicino all'ultima verità che continua a sfuggirti. Non serve a niente sforzarsi: quello che scrivi ti pare inutile, un continuo girare attorno a un muro liscio che non ha porte per entrare all'interno; e lo stile che hai affinato in anni di lavoro è un trucco ormai fine a se stesso, perché la verità, l'ultima che hai sempre cercato, non vuole uscire. Puoi fare tutti gli sforzi che vuoi, ma resta una sola cosa: ci sei stato vicino forse, ma il premio finale non lo avrai.

– Questo è. – prese una sorsata di rum – Anche se adesso non mi da più nessuna emozione esserci andato vicino.

– No?

– Ho fatto una pace separata con tutto questo. Dove sono ora vedo le cose in maniera diversa. Bevo ancora ma perché tu mi hai richiamato. Adesso l'unica gioia è non provare gioia né passioni né tristezza. E nemmeno amori: è finita. Non c'è una verità ultima.

– Io credo di sì.

– Anche io lo credevo, ma non c'è.

– Non la vuoi dire, questo penso.

– Allora dovrai trovarla da te, perché io non l'ho trovata.

– Nemmeno adesso la sai?

– Oh, quella che so ora è la mia verità e tu dovrai trovarti la tua, ma parlavamo della verità ultima, la più vera delle verità, e per quella non posso aiutarti. Quindi dimmi ora: a che altro ti servo?

– Quest'ultima cosa forse mi servirà a sentir meno il peso del fallimento.

– Pensi che condividere ti alleggerisca?

– No. – ammisi – Ma forse non mi sono ancora arreso sul serio.

– E allora non fare lo scettico. Non voglio perder tempo in stronzate. Fai domande se ne hai.

– Se non è una diceria messa in giro da te, qualcuno ha detto che i tuoi protagonisti ti somigliano: sobri nel modo di esprimersi, che accettano il destino non sempre benigno, e pronti a fare quello che va fatto anche se non piace. Sono pervasi da una fatalistica tristezza che sa che qualunque sia lo sforzo fatto non si vincerà nulla; la dignità è soltanto nel-l'aver scelto senza calcolare il prezzo da pagare. Hanno un coraggio diverso dall'ardimento del campo di battaglia; il coraggio che viene dall'aver seguito un codice coerente col senso che si attribuisce alla propria vita. Sono persone, non agite dagli eventi che accadono a loro come a ogni umano, ma che riservano a sé l'ultima scelta.

– E tu cosa pensi?

– Forse un po' ti somigliano, ma non credo molto. Forse nell'onestà delle intenzioni. Quello che mi pare è che possa esserci stato un momento in cui il personaggio pubblico e il protagonista abbiano trovato una sintesi, e così sia nato il modello ideale: piegato dal destino forse, ma che tiene per sé il diritto all'ultima scelta. L'uomo rinascimentale, direi, il cui ruolo è inscindibile da come agirà.

– Per un protagonista è facile. – muoveva adagio la testa, e capii che rifletteva sulla risposta – Se le azioni non sono in linea con il codice, basta cancellare e riscrivere l'azione; ma per la vita di tutti i giorni è diverso, e le volte che non sei al-l'altezza, non puoi riavvolgere il rullino e rifare l'episodio. Nella vita reale al massimo puoi mascherarlo, e ancora una volta l'alcool ti aiuta prendendosi le colpe tue. Ma per usare una tua espressione: a condizione che tu sappia sempre che è stata una tua scelta farti agire dall'alcool.

– Mascherarlo? – ripetei e impiegai un po' a comprendere – Questo intendevi con la frase *scrivere senza trucchi*? Un solo comportamento è possibile per i protagonisti perché nella vita reale di tutti i giorni gli opportunismi sono molti? L'azione salvifica è soltanto nel mondo letterario, perché come umano molte sono le volte in cui sei impreparato e agito dagli eventi? – rimasi in silenzio per un po' – Quante contraddizioni, Ernest.

– L'azione letteraria è purezza e ispirazione; credi che Cristo avrebbe potuto esser grande anche senza nessuno che avesse raccontato la sua predicazione eliminando ogni meschinità? Sono quei Vangeli, dove ogni frase è ponderata e finalizzata che ne fanno un esempio; ma pensi che nella quotidianità fosse davvero tollerante o ispirato o educato come lo è letterariamente? E capace di atti e pensieri giusti al momento giusto con tempismo perfetto e senza aloni? – annuì adagio – Noi vorremmo protagonisti che siano come il Cristo tramandato dai Vangeli. E da questa tensione alla perfezione nasce la guida che ti fa scrivere.

Non dissi nulla per non interromperlo.

– Oggi pochi leggono, – proseguì – e pochi hanno guide e invece molti falsi miti da seguire. Nel racconto tutto è nella linea giusta per arrivare dove hai deciso: l'occhio, la stecca, le biglie; sai che il movimento del braccio con la giusta forza genererà il risultato voluto. Così, se vuoi scrivere hai delle responsabilità, non puoi essere un figlio di puttana che infrange ogni codice. Scrivi perché vuoi farti leggere, e devi essere modello per chi ti legge, perché sappia la tua verità che potrebbe essere anche la sua e allora comprenda un poco meglio se stesso e ciò che lo circonda; e forse questo mondo sarà un posto migliore dove vivere. Dovrai amare il tuo protagonista e quelli che si muovono attorno a lui perché ciascuno ha un ruolo, come nella vita reale, ma stavolta con un compito diverso. Da come saprà muoversi nelle diverse vicende narrate nel racconto potrai capire se sei in presenza di un esempio e se vuoi prenderlo come base per riflettere. Ma non sperare mai nel tuo quotidiano di poter essere preciso come un tuo personaggio, perché non sei tu a scrivere il tuo libro della vita.

– L'azione insomma; l'unico vero valore per l'uomo.

– Anche se non è mai detto vorremmo che il protagonista sia un esempio di come dovrebbe essere la gente autentica. Che bisogno c'è di schierarsi a destra o a sinistra se hai un tuo codice? – continuò – Esamina bene le tue motivazioni e vedrai che non ti occorrono quelle degli altri.

– È la giustificazione per non esser stato sempre puro?

– Non era una buona idea sezionarmi, te lo avevo detto. – scosse la testa, disapprovando – Non credo che alla fine mi amerai di più.

– Potrei amarti sapendo perché. – scrollai le spalle – Non soltanto l'infatuazione giovanile che ancora oggi dura, ma qualcosa di più penetrante, se mi passi il termine.

– Non delusione, alla fine?

– Sarà un problema mio; come tutto, quando alla fine lo capisci. Nemmeno io voglio seguire falsi idoli.

– Credi che lo sia?

– Temi molto questa conclusione, ma non mi hai deluso. – feci segno di no con la testa – Non sei un meccanismo che può incepparsi e smettere di funzionare e allora irritarti. Come molti hai le tue cadute, e debolezze e ripensamenti, e se non fai lo spaccone sei un uomo con un grande disegno in mente e che ha avuto molte forze per realizzarlo e molte occasioni per sprecarlo. Se è vero che la perfezione annoia, beh tu non annoi, non ancora, no.

– *I don't want to play in your yard.* – canticchiò – *If you can't be good to me.*

– Allora facciamo pace e ricominciamo a giocare. – dissi – In realtà non ho motivi per criticare. Vedi le mie domande per quello che sono: chiedere per sapere; e anche tu detesti la menzogna. Corri il rischio con me.

– Tu non rischi molto; io rischio, se non saprai riportare quello che dico.

– La delusione è un rischio possibile, tecnicamente non la posso scartare, ma credo che alla fine guadagnerò. – annuii – Il premio è la verità, e se davvero hai avuto la maschera così a lungo non pensi che sia utile anche a te sapere cosa realmente sei?

Portò la bottiglia alla bocca prima di rispondere.

– Ci sono le volte in cui la verità viene fuori comunque se sai essere davvero onesto con te stesso, ed è in un guizzo del tempo che ti sei preso per rileggere ciò che hai appena scritto. – lo sguardo era melanconico, come a volte si vede nelle fotografie – Il tempo ti serve per sapere esattamente come vuoi andare avanti; sei concentrato e vuoi raccontare bene, ed ecco che allora la verità esce magari per un solo momento, ma tu la vedi ed è chiara anche se svanisce un attimo dopo. Resta comunque il fatto che sai tutti i perché di quello che stai facendo; e anche se li scorderai col tempo la verità l'avrai vista, anche se non per molto e comunque non abbastanza per scriverla una volta per tutte; ma ti avrà spiegato la maschera e le motivazioni, quelle autentiche.

Si strinse nelle spalle.

– E non c'è niente di falso nel proteggerti per vivere il domani e altri maledetti domani, e comunque fino a quando puoi sopportarlo. – guardò il sole basso sulle colline che ora non offendeva più gli occhi – E allora la maschera funziona e copre quello che non puoi rivelare perché ti renderebbe troppo fragile, ma lo delega al protagonista che è così il tuo modo di spiegare il mondo. Sai di essere onesto perché lo hai raccontato, e di aver scritto quello che davvero avresti voluto per te. Sarà difficile credere al tuo nicodemismo, ma per una volta ancora ti sarai protetto. I protagonisti hanno questo vantaggio: possono essere autentici.

Gli occhi parevano assenti, persi in una domanda senza risposta, fissava la luce del tramonto ma senza vederla.

– E per quella autenticità, tu, che hai saputo farli agire e parlare così... tu, cosa sei? – mormorò infine.

Non risposi e tacemmo per un pezzo. Pensavo a quanto aveva appena detto, e la sera scendeva lentamente sul Mar dei Caraibi.

– C'è un sacco di gente che si riempie la bocca spiegando ad altri come la pensavo e qual era la mia filosofia di vita e come è andata che mi sono suicidato. – parve come tornare da qualche posto lontano, si riscosse e prese una sorsata dalla bottiglia e tenne il rum in bocca prima di inghiottire.

Ho visto persone fumare così come lui beveva: parlano, si interrompono e tirano una boccata dalla sigaretta, e dopo che tutto il fumo è uscito riprendono a parlare; lui beveva e aspettava che l'alcool gli lasciasse il sapore sul palato.

– Gente convinta di sapere perché bevevo tanto e perché era mio amico Coop ma non Tracy che beveva più di me. – aggiunse – Gente che mi legge e rilegge e si fa un'idea che scrive in una biografia, perché vuole che sia conosciuta e condivisa, cosicché tutti la pensano allo stesso modo. Gente che dice di conoscermi e gente come te che vuole farmi parlare come pensa che io parlerei. Una gran massa di figli di puttana: messi insieme siete vicini a qualcosa di vero, ma nessuno riuscirà mai a rendere l'idea esatta di chi sono stato. Vuoi smontarmi e farmi a pezzi e poi scrivere di me? – alzò le spalle – Ma non chiedere che alla fine creda alla balla che il tuo scopo è amarmi di più. Tutto è una mistificazione ed io l'ho scritto. Così non mi pisciare sulla schiena per poi raccontarmi che sta piovendo.

– Hai scritto – dissi dopo una lunga pausa – che le parole come eroismo e sacrificio ti sono sempre parse vuote. Che l'unica cosa che conserva dignità nel tempo sono i nomi dei luoghi e delle quote dove si è combattuto.

– Non è così? Non senti nei cimiteri la puzza uscire dalle targhe che vogliono raccontare ai posteri come giovani sani di mente abbiano buttato sprezzantemente la vita per il bene supremo della patria?

– Sì. – ammisi – Ma a volte mi chiedo se sia davvero una mia ribellione o se sia indotta da pensieri come il tuo. Io non ho mai visto morti ammazzati in guerra né ho mai visto la vera violenza. Non so come si possa davvero disprezzare tutto questo senza averlo visto, per sentito dire di quanto è atroce, diciamo così.

– Ma hai immaginazione e una buona dose di empatia. Sai capire cosa sia la sofferenza e l'hai provata. Immagina tutto il dolore per questa mistificazione che esce da quelle tombe e da quelle lapidi: una grande unica nuvola di quel dolore così grande che tu la possa vedere; e così saprai se davvero è il tuo sentimento, e se è vero.

Si interruppe e tacque per un po'.

– Forse ora, per questo suggerimento, mi potrai amare. – mormorò infine.

7 – La guerra

In fede mia, non m'importa; un uomo non può morire che una volta; una morte dobbiamo a Dio e vada come vuole, chi muore quest'anno non dovrà farlo quello successivo.
(Breve La Felice Vita Di Francis Macomber – cit. dall'Enrico IV)

Il sole era molto basso sulle colline alla nostra sinistra e presto sarebbe scomparso e sarebbe venuto il buio, ma non era ancora il momento di rientrare all'Avana; si stava bene e al fresco nell'odore del mare, seduti a poppa della Pilar.

– Sii sincero, – disse – davvero hai cominciato a scrivere dopo aver letto un mio romanzo?

– Non subito dopo, no. C'è voluto tempo per assimilare le cose che ho letto; non soltanto le tue, anche se le tue erano quello che preferivo. Scribacchiavo delle cose, ma non era niente di buono. Poi un giorno è arrivato il tempo giusto. Ho cominciato a scrivere su un blocco, ma mi pareva che fosse più facile con una macchina per scrivere e ne ho comprata una. Ti fa piacere?

– Un tempo forse. Adesso non me ne importa e nemmeno mi importa se dici che ti ho condannato allo stesso tipo di pena mia.

– Non è stata una pena scrivere. – obiettai – Mi piaceva e ho cominciato a farlo, anche se molti lo trovavano stupido. È stata una delle poche volte che non mi è importato niente di cosa pensassero gli altri.

– Bravo ragazzo.

– Così è andata. – era la prima volta che lo chiedeva – Ma devo riconoscere che il racconto sull'antologia di scuola del tuo ferimento ha pesato nella decisione di provare. E dopo i primi tentativi le cose han preso a funzionare, e ancora mi piace scrivere.

– Cosa ti piacque? – pareva davvero interessato.

– L'argomento, credo. Noi da bambini giocavamo a far la guerra: i giocattoli erano imitazioni di armi che sparavano e facevano grandi botti, le nostre letture i libri di Salgari, e i nostri campi di battaglia i film di guerra o western. Noi nati negli anni '50 siamo cresciuti in quella violenza raccontata, giacché il mondo, dopo l'ultima, aveva giurato di non far più guerre. Le città mostravano le ferite dei bombardamenti di pochi anni prima e nelle strade c'era ancora il pericolo di bombe e granate inesplose, e le antologie riportavano racconti di guerra.

Voltai la testa e mi guardava attento, così proseguii.

– Era il tempo del lungo dopoguerra; eravamo bambini, e vedevamo e chiedevamo; i nostri padri avevano combattuto e a volte lo raccontavano, e se non erano loro allora erano i nonni che avevano combattuto nella Grande Guerra, la tua; e i ricordi delle nonne erano di fame, pidocchi, bombe che cadevano sulle città e notti nei rifugi. C'erano generali che scrivevano memoriali per spiegare come andò che persero la battaglia, e i processi del dopoguerra e le angherie subite dai fascisti.

Cercai in tasca la pipa, e seguì attentamente le mie mosse per caricarla.

– Chi aveva combattuto pronunciava nomi mai sentiti. – proseguii – Giarabub, El Alamein, Nikolajewka, la Neretva, eroismi vani quanto altisonanti e intrisi a volte di retorica post-fascista. Era facile restare affascinati da quei nomi e dai morti che immaginavamo cadere epicamente come si vedeva nei film. – rimisi in tasca la borsa del tabacco – Nel '46 l'Italia scelse la repubblica e l'America, e in poco tempo finimmo colonizzati dal tuo paese: i libri americani, i film americani, le auto americane. C'è una bella differenza fra un attore che si chiamava Errol Flynn o James Stewart o John Wayne e uno nostrano col nome Alfio, Salvatore o Cosimo vattelapesca. Ai nostri mancava l'esotismo che avevano i vostri nomi, anche se li pronunciavamo male.

Rise e scosse la testa, ma poi annuì.

– Immagina una storia che abbia come protagonista un guardiano di pecore che si chiama Glenn Ford e le difende dagli allevatori di bestiame a colpi di Winchester: è tanto bella da farci sopra un film, no? Ora trasferisci il set sui monti dell'Abruzzo e rifai la stessa storia ma con un pastore armato di bastone che si chiama Calogero Bocchicchio, e che mena randellate perché non ha nemmeno un vecchio fucile Carcano. Chi mai andrà a vedere quel film?

– Sì, capisco. – di nuovo annuì, alzò la bottiglia e guardò il liquido in controluce ma non bevve – Vai avanti.

– Arrivava il Settimo Cavalleria nei vostri film, e i nemici erano indiani colorati, nudi e selvaggi nella prateria: grandi avversari da sconfiggere nelle nostre fantasie. – puntai il dito prendendo la mira, come Custer a Little Big Horn – Le nostre storie erano di gente povera, malvestita, vinta e ben lontana dall'idea di riscatto sociale. Erano storie di povere vittime del latifondismo o di disperati senza lavoro che rubavano una bicicletta. Col tempo ho imparato che c'erano anche da voi storie così, ma allora eravamo troppo piccoli per saperlo: volevamo le praterie, le cavalcate e le sfide al tramonto o a mezzogiorno. Crescevamo con la guerra che vedevamo al cinema; abbiamo dovuto aspettare gli anni sessanta e il Vietnam per capire qualcosa di più. E io son dovuto passare per i racconti dell'antologia e i libri letti dopo l'antologia prima di capire qualcosa di antimilitarismo e odio per la guerra, che comunque è un prender distanze da qualcosa che non conosco di persona ma sempre e in ogni modo per le immagini del cinema e della televisione. Io non ho avuto niente di tutto questo da raccontare a mia figlia, e nessuno di noi ha saputo costruire una generazione felice perché è viva, ma solo arrogantelli viziati dalla pace.

– Io l'ho vista, – disse – e molto da vicino. L'ho vissuta e poi raccontata. In qualche misura ci ho costruito sopra la mia fortuna letteraria. Ho avuto molto da raccontare, e per tutto questo sono stato profondamente avverso alla guerra.

– La tua guerra è ricordata più dell'ultima, – confermai – forse perché l'abbiamo vinta, o perché i nonni ne parlavano a noi bambini. Siamo cresciuti con quei ricordi e le canzoni di quel tempo, che oggi non si sentono più. Ed è stata la prima a rivelare all'Europa la sistematica e spersonalizzata distruzione di massa. – un raggio di sole si riflesse su una lente degli occhiali di acciaio – In Europa conosciamo poco la storia americana, altrimenti sapremmo che qualcosa di simile era accaduto con la vostra guerra civile, cinquanta anni prima.

– Coma lo sai? – chiese e mi parve sorpreso.

– Ho letto qualcosa sull'argomento. – dissi.

Annuì e passò la mano sulla barba.

– Sono stati scritti diversi libri sulla Grande Guerra, ma il più noto è *Addio Alle Armi*. – ammise – Lo cominciai con toni leggeri di ammirazione per l'esercito italiano e lo finii nella maniera che sai. Non ero un ufficiale italiano, ma per tutto il libro ho parlato di me come un "quasi italiano". All'inizio mi piaceva considerarmi tale, fino alla mia pace separata con la guerra.

– È sicuramente il più conosciuto. – mi venne di sorridere – Anni fa lessi un libro di Richard Mason, *Il Vento Non Sa Leggere*. La storia si svolgeva in India ed era propagandato come l'*Addio Alle Armi* della seconda guerra mondiale. Nel finale aveva similitudini con il tuo: la fuga dalla prigionia, il ricongiungimento con l'amata e la sua morte in ospedale per un tumore al cervello.

– L'ho letto. – ammise, e poi si strinse nelle spalle.

– Spiegami questo. – lo guardai – Non ami la guerra ma non detesti la violenza: vai a caccia e uccidi, non certo per procurarti il cibo; vai a pescare e ancora uccidi.

– Perché parli se non sai? – mi guardò e nei suoi occhi castani c'era rimprovero – Dalla nascita ho passato tutte le mie estati in un cottage che si chiama Windemere, sul lago Walloon, e ho imparato a cacciare da mio padre perché la selvaggina erano i nostri pranzi. Uccidere era necessario se volevi mangiare, e anche pescare bene, e coltivare l'orto e tagliare la legna e tutto quello che si fa tra i monti e gli animali e la natura. In città non si faceva niente di tutto questo, ma le estati in quei boschi a me piacevano, e la mia famiglia amava quei posti e quella bellezza.

Socchiuse gli occhi.

– Uccisi un porcospino una volta, – riprese poi a dire – e non era necessario. Mio padre si infuriò moltissimo e fui obbligato a mangiarlo per non sprecare della carne e aver ucciso inutilmente un animale la cui colpa era stata soltanto di essersi difeso dall'attacco del cane del nostro vicino. E ti giuro che anche dopo ore di cottura quella carne era dura come una suola di scarpa. Mi piace cacciare? Perché no? e mangiare quello che caccio e pesco. Mi piace procurarmi il cibo e farlo nella misura necessaria per vivere e rispettando il mondo in cui vivo e gli animali che in quel mondo vivono con me. – si zittì e guardò il mare.

Non feci obiezioni, ma non era una spiegazione per i safari in Africa.

– Se poi ti riferisci ad altro ti accontento: dovevi essere coriaceo per vivere nel Michigan e in quelle zone attorno a Horton Bay. E l'aggressività era la vera arma che serviva, insieme al coraggio e a saper tirare pugni bene. – scosse le spalle – Aggressivo? Ero un ragazzo simpatico e gentile e generoso e permaloso e pronto a difendere il mio spazio da altri ragazzi come me, perché se non lo fai la prima volta ti aggrediranno altre volte. In quei posti, in mezzo a quegli indiani e in quella terra ancora lontana dai bei modi della civiltà, se non eri capace di batterti, e maleducato quanto potevano esserlo gli altri, tanto valeva andarci. Ma i posti erano belli e lontani dal fracasso e ti facevano sentir bene, e un po' di violenza non guastava la bellezza di tutto questo. E noi che conoscevamo quella vita, e sempre in gara per chi fosse il più spavaldo fra noi maschi, eravamo timidi con le ragazze e succubi delle regole presbiteriane sul moralismo e il rispetto delle fanciulle, e fai tu il resto. Ma questo nei bei salotti contava poco.

Sorrise e si formarono delle rughe attorno agli occhi.

– Occorreva essere duri fra quella gente che senza buone maniere si guadagnava il diritto di vivere come potevano farlo i primi Mountain men, e soltanto un po' più civilizzati. Usavamo i lumi a petrolio, perché la diga più a monte e la centrale elettrica c'erano per dare energia alle città, mentre lì si andava a letto presto per non consumare il petrolio delle lampade. – fissò il pagliolato di legno reso opaco dalla salsedine – E se vuoi saperlo ho sempre amato e rimpianto la vita fra i boschi, e che ti piaccia o no me la sono sempre portata dentro. Siccome andavo a scuola durante l'inverno ero il più istruito e il più spavaldo e il più ballista fra i ragazzi che vivevano tutto l'anno lassù in quel silenzio, dove soltanto il duro lavoro ti permetteva di trascorre un inverno senza soffrire per la mancanza di cibo ma avere in cambio i più bei prati, le più belle foreste e i sentieri resi soffici dagli aghi di pino caduti e le più buone e grosse trote da pescare per mangiare.

Si alzò e si allungò oltre il bordo; si sporse parecchio e pensai che poteva finire giù; strisciando sul ventre si rimise dritto in piedi e passò la mano bagnata sui capelli.

– In città vai in pescheria, dal macellaio e dal panettiere. – continuò – Noi facevamo la spesa nei boschi, e raramente nell'unico spaccio di Petoskey dove comprare la farina, il lardo e lo zucchero; come i pionieri che andavano all'Ovest attraversando le praterie sui carri, e quando arrivavano in città (che poi erano degli agglomerati urbani e avamposti di civiltà nella prateria) facevano provviste nell'unico negozio prima di ripartire. I pesci e la selvaggina li cacciavamo noi invece di farlo fare ad altri, con molto rispetto e mai più di quello che serviva.

Sollevò la bottiglia e prese una sorsata.

– C'è differenza fra un sistematico e organizzato omicidio di massa e uccidere per mangiare o per difendersi, se ci arrivi a capirlo; e risparmiati la battuta che per la vittima non fa differenza, per mostrarmi che hai letto i miei libri, perché nel Michigan le questioni si risolvevano senza dir niente allo sceriffo e dandosele di santa ragione. Tu sei uno di città, della società che chiamate del benessere; non giudicare quello che non conosci e la gente che viveva nei posti della mia giovinezza. – passò di nuovo la mano umida sui capelli bianchi e notai per la prima volta che era bella, forte e con unghie regolari – A Fossalta capivo più io quei contadini in divisa che si riparavano dietro ai sacchetti di terra, che gli ufficiali che li comandavano e che incontravo nelle Case Rosa disseminate lungo il fronte. Loro sapevano che in guerra si muore, che non è una eroica avventura cavalleresca; come lo sapevano quegli uomini del Michigan e come lo imparai io di lì a poco.

– Non lo farò. – assicurai – Non giudicherò e non dirò che per la vittima non fa molta differenza.

– Ne fa molta per quelli rimasti vivi, invece. – aggiunse – Durante la Battaglia del Solstizio ci furono tanti morti. C'era un caldo insopportabile, e quei corpi scomposti sul terreno o nelle buche delle granate o vicino all'argine dove erano le trincee italiane, si gonfiavano sotto il sole perché non c'era tempo per seppellirli e odoravano terribilmente. Qualcuno ebbe la bella idea di gettarli nel Piave, senza distinguere fra Italiani e Austriaci e sperando che la corrente li portasse via, ma gli Austriaci controllavano le chiuse del fiume a valle, ed erano serrate e l'acqua non defluiva, e i cadaveri si muovevano lentamente sull'acqua e marcivano, e fu così per diversi giorni. Camminando basso fra le trincee vicino all'argine li vedevo, e tornando alla Casa Gialla che era il mio acquartieramento pensavo che non era affatto un bello spettacolo per i soldati nei nidi di mitragliatrici che invece dovevano rimanere lì, sull'argine. Quando andavo in prima linea lasciavo la bicicletta poggiata al muro delle ultime due case del paese e raggiungevo le trincee. Credevo di essere immortale, di poter passare indenne fra tutto quel macello di uomini, filari di siepi divelte e terra e fango e buche di mortaio. La morte era per gli altri e non avevo paura, fino a quella notte.

Chiuse gli occhi, e le dita si contrassero attorno alla bottiglia; i polpastrelli si arrossarono sotto le unghie.

– La Casa Gialla a un centinaio di metri dall'argine è stata per parecchio tempo un posto al quale ritornare la notte se non riuscivo a dormire, anche se mi spaventava. Non me ne liberai mai veramente, nemmeno dopo aver scritto *Di Là Dal Fiume E Fra Gli Alberi.* – smise di parlare, e non dissi nulla che lo potesse distogliere da quel ricordo; poi dopo un lungo silenzio girò la testa per guardarmi.

– Nessun film ti mostrerà mai questo o potrà farti sentire gli odori e vedere quella gente semplice. Puoi leggere quello che è stato scritto e immaginare, ma ancora non saprai cosa è veramente stato, e sentire la nausea che ti cresce dentro fino a diventare odio. – gli uscì un lungo respiro profondo – E dopo quel libro poco apprezzato dai critici non ho più scritto della guerra. L'ultima è stata così feroce che forse la gente non ne voleva più sentire.

– Hai scritto che durante la battaglia di Normandia hai lasciato la penna di giornalista e ti sei unito a una squadra di partigiani, e con loro sei entrato a Parigi combattendo.

Qualcuno ha detto che hai potuto farlo perché non eri un semplice giornalista ma un agente dell'Oss[30].

– Parigi è la città che più amo al mondo, valeva la pena di far qualcosa no? – disse con forza – Sapevi che è stata a un passo dall'esser distrutta perché così voleva Hitler? Ma ci sono state anche altre volte in Spagna, perché non mi piace guardare altri combattere per le stesse cose in cui credo io. E comunque per quella faccenda dovetti subire un'inchiesta militare. – mi guardò con rimprovero – Proprio non riesci a capire che si è obbligati ad agire se si ama il proprio mondo e qualcuno te lo distrugge sistematicamente sotto gli occhi?

– Ma dopo Market Garden, durante l'offensiva sul Reno e nel cuore della Germania, ti sei vantato di aver sparato a un centinaio di tedeschi ammazzandoli.

– Oh, quello. – fece con la mano il tipico gesto americano di chi allontana da sé cose di poca importanza – Ero ubriaco quando l'ho detto. Non mi andava di essere soltanto un cronista osservatore fra soldati che combattevano.

– Pare che uccidere, o perlomeno l'idea di uccidere non ti crei grossi fastidi.

– Ascoltami bene, – ora pareva molto seccato – insolente saccente che sei. Non sono un finocchio che si nasconde dietro una tessera di cronista per giudicare la vita. Io l'ho vissuta la vita, in tutte le spiacevolezze. C'era una guerra e dovevamo vincerla in fretta per organizzare una maledetta pace e provare a vivere meglio. I totalitarismi avevano la peggio ma ancora non mollavano, e in quei frangenti serve tutta la fottuta aggressività per farla finire prima che si può. Ho detto che erano cento? Beh forse erano due o trecento, a chi importa? Era quello che avrei voluto, perché ancora non erano alla fine anche se si ritiravano.

---

30 *Office of Strategic Services, servizio segreto americano precursore della CIA*

– Non mi hai risposto.

– No, e ti butterei volentieri sotto per fartela fare a nuoto fino all'Avana, se servisse a farti smettere con le stupide domande.

– È la spiegazione che avresti dato allora, – insistei – ma adesso puoi anche darne un'altra.

– Non ce n'è un'altra. – cambiò il tono della voce – In altri tempi ti saresti guadagnato il mio disprezzo per sempre.

Mutò espressione del viso ed era affascinante e gli occhi brillavano come quelli di un bimbo che parla imitando gli adulti.

– Non è una incongruenza deliziosa? Mi pare una buona ragione, e comunque è l'unica che ho, per quel che ricordo. Dal vostro affezionatissimo Ernie, prosit. – di nuovo bevve dalla bottiglia. Guardai il livello e notai che era calato poco da quando l'aveva in mano, meno di quanto credevo.

– Cosa pensi di me? – chiese – Non lo hai ancora detto.

– Non è per trarre critiche che ho sempre desiderato di poterti parlare. – ero sincero, e sapevo che oramai lo aveva capito – Ho una opinione vaga, e credo giusto considerare il contesto storico e il periodo in cui sei nato e hai vissuto: la fine del secolo, l'influenza vittoriana, le tradizioni familiari per le quali tu eri il primogenito, e il valore di tutto questo che per te pare esser sempre stato importantissimo: lo si intuisce dalle lettere che scrivevi a casa dall'Europa e dopo esser stato ferito, ma anche dal fatto che hai forgiato un tuo stile e scelto i tuoi argomenti per prenderne le distanze.

Abbassai gli occhi e ponderai bene le parole.

– Credo che gli anni seguenti la guerra, grazie a te e alla tua generazione ormai disincantata, abbiano cominciato a sovvertire qualcuna di quelle regole ma non ancora tutte. – feci una pausa – Mi pare che le tradizioni familiari siano state rilevanti quanto i ruoli all'interno della famiglia. Il tuo primo matrimonio pare aver preso da quel modello: l'uomo che procura il denaro e la donna che al più partecipa con piccole cose: tua madre aveva doti liriche e dava lezioni di musica a casa e Hadley suonava il piano e dava lezioni; aveva una piccola rendita di dote, più o meno come tua madre che aveva la casa nella quale viveva col padre vedovo e dove ha abitato da sposata con tuo padre. – era immobile mentre ascoltava – Secondo il modello vittoriano, morto tuo padre sei divenuto tu il capofamiglia. Non so immaginare se sia stato ciò che volevi e se ti sia piaciuto quel ruolo; credo che tu lo abbia vissuto come un dovere ma anche con orgoglio, perché così dovevi fare nel rispetto delle tradizioni anche se poi sei stato raramente in famiglia. Vorrei riuscire a immaginare quanto possa averti colpito il suicidio di tuo padre, ma hai provveduto al loro benessere finanziario, e ancora in quel ruolo hai cercato di impedire a tua sorella Carol il matrimonio col giovane Gardner.

– Non ci siamo più parlati dopo la decisione di sposarsi comunque. E non ne parlerò ora. – mi avvertì.

– È così che avrebbe fatto un padre del secolo precedente tradito dalle decisioni della figlia; però era tua sorella, non una figlia. – sorrisi ed ero un poco in imbarazzo – Credo che tu abbia vissuto con disagio la transizione tra prima e dopo la Grande Guerra, maturando l'avversione per la retorica e cercando il tuo modo pulito di dire, ma senza lasciare mai completamente le regole del vecchio mondo, che comunque sono servite per sapere sempre da cosa prender le distanze.

Tacqui per un po': non volevo che sembrasse un giudizio, ma soltanto una riflessione.

– Pur essendo innovativo nella letteratura, gli anni della giovinezza e quel modello di vita non li hai rinnegati. E così a tratti mi sembri un romantico Aiace che sfida l'ipocrisia pensando di non farcela; – cercai con cura le parole – Un Humphrey Bogart con la smorfia di tristezza e disincanto per il tradimento dei tempi nuovi, ma ancora disposto a correre il rischio, anche se sarà un'altra delusione.

– Questo ti piace?

– È qualcosa che conosco.

– Allora non ti impedirà di continuare ad amarmi.

– Molti tuoi conoscenti ti hanno amato Ernest: e anche se poi si sono ricreduti, i loro sentimenti ammaccati non sono mai mutati molto, magari con qualche riserva.

– Stai parlando delle critiche rudi, al limite del sarcasmo? Della Stein? Di Pauline? Di Fitzgerald? O della Parker?

– Di tutti quelli che si sono in qualche misura sentiti usati e poi messi da parte, o derisi, o offesi.

– Credi che non l'abbiano fatto anche a me?

– Oh certamente, ma credo che le fregature non debbano essere una catena di sant'Antonio o la donna di picche che tutti vogliono scartare. E nemmeno credo che esser stato il primo americano ferito sul fronte del Piave ti abbia dato il diritto di esser caustico.

– Sei il solito dannato moralista. Non riesci a liberarti di questa facciata, vero? maledetto cattolico. – si sforzava di essere paziente, ma era risentito – Non disprezzavo chi non aveva combattuto ma quelli che pretendevano di parlare della guerra con toni patinati e gentili evitando i particolari spiacevoli, o con orrore di circostanza fra un liquorino e un pasticcino.

C'era rabbia trattenuta nella voce e sapevo che per molto meno si poteva diventare suoi nemici.

– Ma adesso dimmi: è con queste critiche che vuoi farmi credere di amarmi?

8 – Il mondo

Non m'importava che cosa fosse il mondo. Volevo soltanto sape-re come viverci. Forse, se scoprivi come viverci, imparavi anche che cos'era.
(Fiesta)

Sulla stretta *Carretera de Francia* che da Pamplona porta al passo di Roncisvalle ero costretto a guidare piano. C'era giusto lo spazio per due auto, una per ogni senso di marcia.

Faceva caldo e dopo un'ora di curve ci eravamo fermati nel bar di un paesino che si chiama Burguete, e seduti sulle scomode sedie di metallo del bar, sotto un albero in una fetta di terreno coperto da un tappeto rosso, bevevo acqua tonica e lui una grossa birra.

Avevamo preso l'autostrada a Burgos, e a Vitoria-Gasteiz aveva scelto di non proseguire per San Sebastian; così dopo un'ottantina di chilometri eravamo arrivati a Pamplona.

– La terza volta che venni in Spagna c'era anche Hadley; era l'estate del 1924 e ci facemmo una scorpacciata di tori e corride. Vennero alcuni amici attratti dalle mie descrizioni ma non a tutti piacque. Arrivammo a Pamplona da Madrid per l'inizio della fiesta di San Firmin. Il passaggio dei tori nelle strade era eccitante, e al mattino presto si tenevano corride per dilettanti. – prese una sorsata di birra – Dopo venimmo qua a Burguete e ci facemmo una lunga pesca di trote nell'Irati, – indicò alle spalle – un fiume non lontano, con una piccola cascata e trote in abbondanza. Ci raggiunse Dos Passos con altri amici, che poi andarono a piedi fino ad Andorra.

Si tolse il berretto di tela prendendolo per la visiera e passò l'avambraccio sulla fronte per asciugare il sudore, poi bevve ancora dal boccale.

– Era un posto magnifico dentro la natura. – annuì adagio
– La Spagna era il posto migliore dell'Europa, non l'Italia; e
gli Spagnoli gente semplice. Vedi oltre quegli alberi? Quello
è il *Camino de Santiago*; un paio di chilometri più avanti at-
traversa un bosco fresco d'estate. Poi giù fino a Pamplona e
poi Vitoria; sono quasi settecento chilometri da qui.

– Venni in Spagna nell'estate del '90. – dissi – L'idea era di
vedere i Caprichos di Goya a Bilbao, stare qualche giorno
sulla costa in un paesino dal nome magnifico, San Vicente
de la Barquera, e poi spostarci: Oviedo, Leon, Burgos e poi
Pamplona per la fiesta di San Firmin, ma non ci riuscimmo a
vedere tutto quello che desideravamo. – presi in tasca il faz-
zoletto e mi asciugai la fronte – I Caprichos erano a New
York, e Bilbao ci parve una brutta città con una soprelevata
a più piani; da un viadotto era precipitato un motociclista
sul viadotto sotto e il traffico era bloccato e tutti suonavano
i clacson. Fu tutto bello a Oviedo e a Leon; anche a Burgos
dove dormimmo in un albergo di fronte alla cattedrale che
incuteva timore di notte. – chiusi gli occhi e rividi la piazza
bianca e le torri ai lati della facciata bianca, alte e imponenti
e tali da sfidare il cielo – Da ultimo venimmo a Pamplona;
attraversammo in macchina un'Avenida titolata a tuo nome
e c'era molta polizia armata di mitra.

Mi guardò con espressione interrogativa.

– Credo temessero qualche manifestazione dell'ETA e la
Guardia Civil armata metteva a disagio. – spiegai – Mia figlia
aveva dieci anni e la mia ex-moglie era molto spaventata, e
volle andar via senza nemmeno scendere una volta dalla
macchina. Seguii la strada per il passo e lei mi indicava i
cartelli, e a un incrocio mi costrinse a frenare a un semaforo
giallo: gli uomini armati la spaventavano molto. Non vedeva
l'ora di lasciare Pamplona e le venne paura che potessero
spararci se passavamo col giallo. – mi venne da sorridere –
Dalla destra sbucò un camion che prese la nostra stessa

strada. Lo spazio per sorpassare era poco, e ogni volta che provavo si spostava per non farmi passare. Andava a venti all'ora e ci vollero più di due ore per arrivare alla frontiera; la strada è sotto il sole e anche allora il caldo era feroce: dai finestrini aperti entrava polvere e aria calda e il puzzo di gasolio del camion.

– Vivete in un mondo che è un gran casino. Niente è più come era. – scosse la testa – Pescare era divertente, e quella pozza sotto la cascata era riposante e le trote abboccavano. Passeggiare nel silenzio dei boschi e seguire un pezzo del *Camino* ti faceva star bene. Ne feci un tratto con Chink e Bill e fu una cosa un bel po' solenne, anche se ci fermammo prima del buio. *Ernie, mi chiese Chink, credi che ci farebbe bene un po' di religiosità?* – sorrise al ricordo.

– Ernie. – ripetei – Un'abitudine tutta americana di usare i diminutivi al posto del nome: Cat per Catherine, Rinin per Rinaldi, Ike per Eisenhower; e i soprannomi: Slim, Curly, Bumby. Perché darsi la briga al battesimo di scegliere un nome? datevi il diminutivo e buonanotte. Hai spesso usato i nickname, e talvolta in senso spregiativo. – mi accigliai – Ne hai usati anche per te stesso: Wemedge, Hemingstein.

– Sai che fra gli indiani c'è la tradizione di non dare nome al bambino fino a quando è cresciuto e se l'è guadagnato? – chiese e annuii – Prendi uno che tutti conoscono: Cavallo Pazzo. Il nome gli venne da una visione che aveva avuto: un cavallo che impazziva per la gioia.

Annuii di nuovo, poi mi ricordai che anche i Cheyennes mettevano soprannomi, e Custer era detto Culoduro perché stava molto in sella, e sorrisi.

– Credo che sia più inglese, ma lo fanno in tutto il mondo. – obiettò – Perché ti stupisce tanto che si faccia in America? Si usa anche da voi. Claretta quando scriveva a Mussolini lo chiamava Ben; e che mi dici di tutti i nomignoli affettuosi che danno ai giocatori di calcio?

– Il fenomeno è cresciuto con il vostro arrivo in Italia, e ora chi lo sa più il vero nome.

– Che ci trovi di tanto strano?

– Non saprei ma è una cosa che mi è venuto di osservare. – mi strinsi nelle spalle – I diminutivi coprono. In Italia la tradizione voleva che si dessero i nomi dei nonni, ma vedi l'imbarazzo di ragazzi battezzati Rosario, Alfio, o Filomena? Per questo da un po' di anni prolificano nomi come Simone, Mattia, Tamara, Jessica, soprattutto fra la gente del Sud Italia; per nascondere le origini e forse offrire un'occasione di riscatto che qualcuno dei genitori non ha avuto.

– Sei il solito spocchioso, anche se devo riconoscerti che qualcosa nel nome a volte può portare fortuna oppure no. – si chinò e arrotolò i calzoni di tela fino al polpaccio, allungò le gambe e vidi le cicatrici delle ferite di Fossalta, ed erano molte – Letterariamente parlando, ad esempio, pensa alla croce che si porta il capitano Achab di Moby Dick. Nel nome è la fine che farà.

– Alcuni tuoi personaggi hanno cognomi che sono nomi: Frederic Henry, Robert Jordan, Harry Morgan, ma anche Nick Adams. Ho trovato curiosa questa scelta.

– Henry è un cognome rispettabile in America. E Morgan, è di un pescecane di banchiere pirata[31]. – si mise comodo – Henry è il nome di un fucile a ripetizione, il precursore del Winchester. I Confederati lo chiamavano *"Quel maledetto fucile yankee. Lo carichi alla domenica e spara per tutta la settimana"*.

– Va bene, – annuii – l'ho letto da qualche parte; è una delle tante iperbole che si usano da voi. Ma la spiegazione non chiarisce nulla della mia osservazione.

– Era anche il nome di un ragazzo che era in ospedale con me a Milano la seconda volta. – borbottò – Dopo il primo ri-

---

31 *un gioco di parole fra Pierpont Morgan uomo di affari e Henry Morgan corsaro*

covero, appena avevo potuto farlo me l'ero squagliata per vedere da vicino l'avanzata su Vittorio Veneto. Ma mi ero strapazzato e il piede aveva avuto problemi; mi ero preso l'itterizia e qualcuno sosteneva perché bevevo troppo, e una brutta angina batterica alla gola che mi spaventava più del resto.

– Non lo immaginavo proprio.

– Dio onnipotente, cosa pensi di vederci in questo?

– Oh, non saprei davvero, pensavo fossi tu a dirmelo. E magari anche un altro aspetto dei tuoi personaggi: parlano la lingua del paese dove si trovano; sono Americani ma sanno il francese, l'italiano, lo spagnolo. Hai fatto credere ai lettori che parlino le lingue e siano ben inseriti nella vita e nelle abitudini del paese dove ambienti la loro storia.

– Sì, te lo concedo. – guardò in su il cielo bianco e passò la mano sulla barba – È importante che un personaggio sappia lasciare le proprie origini e cambiare identità mescolandosi a quello che lo circonda. Conoscere la lingua è un modo per stare in sintonia con la gente del posto e capire le loro motivazioni e le usanze. È utile per farti accettare. – mosse adagio la mano per spiegare – Contatti meno superficiali. È sempre bene conoscere il contesto in cui vivono, ed è così più facile capire e non giudicare, se davvero ami la gente. Un inglese non lo farebbe, ma un americano ha una storia più recente ed è meglio disponibile a lasciarsi influenzare dagli stili di vita del vecchio continente. Le persone saranno più autentiche con te se capiscono che ti sforzi di parlare come loro. Saranno più invogliate ad aprirsi. Il tuo lavoro letterario sarà più compreso se in un romanzo ambientato in un paese cerchi di ragionare come ragiona la sua gente invece di arroccarti su stereotipi.

– Non avere un cognome è utile per disidentificarsi dalle proprie origini? Per essere semplici osservatori senza avere l'obbligo di una opinione?

– Se la vuoi mettere così. – rifletté e mosse adagio la testa – Perché no, in fondo. Se davvero vuoi capire devi liberarti di ogni retaggio e pregiudizio. Scopri allora che c'è molto da imparare dalla gente vivendo in mezzo a loro, e alla fine hai un numero infinito di cose da raccontare. Oggi è molto più facile viaggiare, ma soprattutto lo possono fare molti. Tutti possono andare ovunque con poche ore di volo; e alloggiare in hotel bellissimi, vedere un sacco di cose ma non la gente che vive in quei luoghi; tornare a casa con fotografie e non sapere nulla di quei posti. Ai miei tempi fare i turisti era una cosa scomoda, costosa e avventurosa a volte, e dovevi avere altri motivi che vantarti di esser stato qua e là. Tu sei stato a Sharm-el-Sheik, cosa sai di quelli che ci vivono?

– Non molto, direi. In una settimana l'unica cosa che ho fatto è stata una cammellata nel deserto per una mezz'ora fino alla tenda dove vive un vecchio Bedu con donne che non abbiamo visto. Ha accettato una sigaretta e ha fumato ma senza ringraziare. Una guida ci ha raccontato qualcosa di lui, chi era e perché viveva lì abbastanza isolato dal resto della tribù, ma ora non ricordo più niente.

– Esattamente quello che intendevo.

– Una cosa però ricordo bene: il centro commerciale; una specie di cattedrale di marmi nel deserto, e di fronte le case della città vecchia imbiancate a calce, e i negozi alimentari con gli ingressi in vicoli stretti e la carne appesa alle tende e le mosche annidate sulla carne.

– Che altro?

– Un bar all'aperto a un lato del centro commerciale, con divani, bassi tavolini, narghilè, ricchi e grassi uomini arabi e giovani prostitute abbastanza scollate e annoiate vicine a loro che fumavano sigarette.

– Non ti ha suggerito nulla?

– Tante cose non politically correct.

– Non giudicare. – ammonì – Dovevi limitarti a osservare

e qualcosa in più avresti capito.

– Quelli che erano con me non volevano guardare troppo, temevano una reazione e vollero allontanarsi.

– Oh. – disse – Davvero il mondo è cambiato in pochi anni e anche la gente. Ai miei tempi non c'erano questi pericoli, i paesi poveri erano davvero poveri e lo straniero era accolto diversamente. E il turista vero non era il vacanziere di una settimana. Il bianco aveva una considerazione diversa.

– I tempi del colonialismo sono finiti per sempre. – dissi.

– Come dire che ognuno deve badare ai fatti suoi sul suo piccolo pezzo di terra.

– Questo non te lo so dire. – mi strinsi nelle spalle – Il mio è un punto di vista molto piccolo, e guardare con insistenza non lo amplia, semmai indispone qualcuno. Però credo che sia diverso il modo di esser turista. Ho sempre pensato che si viaggiasse in altri paesi per vedere altre verità; forse è ancora così in altre parti del mondo, ma non a Sharm. Vedi, è tutto organizzato perché tu non faccia troppe domande: ti vengono a prendere all'aeroporto, ti spostano in pullman all'albergo, un posto molto elegante dove trovi soggetti che in un hotel quattro stelle europeo non vedresti mai perché costa troppo. Ti portano in giro se vuoi fare delle escursioni e ti portano al casinò a spendere un po' del tuo prezioso denaro. Sei una specie di baule da spostare qua e là.

Rise del paragone poi fece segno di sì perché continuassi a raccontare.

– Una sera perdemmo il pullman dell'albergo per andare al casinò e dal bureau fecero venire un taxi, una Peugeot molto scassata guidata da un beduino che voleva twenty euros. Molti tassisti erano beduini che lavoravano di giorno al centro commerciale e la notte tornavano nel deserto. Chiedevano sempre twenty euros, per un percorso di dieci minuti o per uno di mezz'ora. Trattammo, per scherzare più che altro, ma si offese immediatamente e in uno stentato in-

glese orgogliosamente disse che era Bedù, non *a son of a
bitch*.

– Che hai fatto, allora?

– Gli dissi ok. Era davvero alterato ma ci portò al casinò.
Lungo la strada però perse l'aria offesa. Pareva preoccupato
e poi spaventato. Pensai che fosse un po' matto, e quando
arrivammo scesi e gli passai i soldi dal finestrino. Ripartì di
furia, senza nemmeno contare il denaro. Non ho mai capito
cosa lo spaventasse così tanto.

– Poteva essere qualsiasi cosa e non lo saprai mai. – alzò
la testa e guardò i monti marroni oltre il muro che cingeva il
bar.

– Le occasioni di scambiar parola con qualcuno del posto
erano poche: gli unici contatti erano con i camerieri e gli in-
servienti dei bagni più interessati alle donne in costumi
succinti, o i negozianti del centro commerciale desiderosi di
appiopparti il loro artigianato locale.

– Mi stai dicendo che il turismo è morto?

– Oh no, è più fiorente che mai. Quello che facevi tu, forse,
ma non ho una opinione che possa esser seria.

– Sono stato un turista e un corrispondente per i giornali
che mi pagavano. Ho girato mezzo mondo e mi è piaciuto; e
mi sono preso ogni sorta di accidente: dissenteria, malaria,
bronchiti, un braccio rotto e reni e vescica malandati.

– Il mio turismo non è mai stato come il tuo. Non mi sono
mai trasferito a vivere in un posto per un bel po' di tempo
come facevi tu, e così vivere fra le persone di quel luogo. Se
non è troppo pomposo, direi che il mio è turismo culturale e
breve: musei, opere d'arte, camminare nelle città. A volte
capita di vedere e sentire discorsi, discussioni, di parlare
con chi ha cose da dire. Altre volte vedi persone intente in
qualcosa e allora le guardi un po', senza insistere troppo.
Quando sono all'estero, se guardo in giro non mi pare di riconoscere i caratteri nazionali dei quali tanto si parla. – mi

strinsi nelle spalle – La maggior parte delle volte ero con qualcuno e non potevo fare soltanto quello che volevo io; e chi era con me non sempre era interessato a quello che c'era seriamente da vedere. Le volte che ero solo sono andate un po' diversamente, ma non sono un buon turista, perlomeno come lo intendi tu. Forse è diverso nei paesi arabi, ma ci son stato così poco che non saprei dire di più. – mi venne una smorfia – Devi stare più attento al portafogli a Casablanca che a Parigi, direi.

– Beh è qualcosa. – rise forte – Ai miei tempi dovevi stare attento anche a Parigi. Vero è che avevo tanto poco da non avere la preoccupazione. Ma non è vero quello che dici sui caratteri nazionali, ci sono ancora. Potete creare tutte le Europe unite che volete ma quelli non se ne andranno mai.

Sorrideva e gli occhi erano vivi, e nonostante la barba mi ricordava l'espressione di un monello.

– Subito dopo la guerra l'Europa era un buon posto per il turismo, la gente ne aveva passate di brutte e faticosamente si tirava in piedi; distruzione ovunque, ma le persone erano umane. L'Italia e la Spagna erano le più belle, anche se per ragioni differenti: l'Italia aveva scelto la repubblica, c'era la ricostruzione e tornava alla vita, mentre la Spagna esclusa dal consesso mondiale delle nazioni era sotto la dittatura; arretrata, certo, ma ancora con posti bellissimi da vedere e persone gentili. Poi c'era l'Africa con i suoi colori, e quando eri soddisfatto di tutto questo c'era Key West, e Cuba che era sempre un buon posto per lavorare e andare a pesca, e l'Idaho per lavorare e andare a caccia, e dopo ancora le città europee del dopoguerra.

– Doveva essere davvero come dici, ma non ero ancora nato e posso soltanto provare curiosità e rimpianto per non aver visto. Per quel che ricordo, a Milano c'erano ancora i segni della guerra e in fondo alla via dove sono nato c'erano cumuli di macerie e bombe inesplose. C'erano manifesti che raffiguravano bambini con mani dilaniate dall'esplosione di cose raccolte per terra. Dei posti dove mi portavano al mare ricordo pochissimo, soltanto una pensione dove per farmi mangiare la cuoca faceva dei budini di cioccolato e vaniglia a forma di rivoltella. – mi venne da sorridere – Mi sarebbe piaciuto vedere quello che hai visto, e magari raccontarlo. Ma sarei stato una tua brutta copia. – aggiunsi.

Rise ancora, assaggiò la birra ma era diventata calda e fece una smorfia.

– Davvero ami questo vecchio giramondo?

9 – La fede

Per chi è più facile, secondo te? Per quelli che credono in Dio o per quelli che la prendono più semplicemente? La religione è un gran conforto, ma noialtri sappiamo che non c'è niente da temere.
(Per Chi Suona La Campana)

Guardò dal ponte poi sputò di sotto, nell'acqua azzurra del Piave. Da qualche parte avevo letto che era importante per lui saper sputare, una dimostrazione che la paura non l'aveva avuta vinta seccandoti la bocca.

– È successo lì. – indicò la riva ora coperta di erba verde – Oltre la strada e un po' più avanti di quell'edificio con la croce in cima: il Battistero dedicato ai ragazzi del '99.

– Lo vedo. – adagio dissi.

– Vedi quella stele? Guarda a lato del Battistero. – stette a lungo a osservare con le mani appoggiate sul parapetto del ponte di barche – Hanno voluto tracciare un percorso delle strade che facevo, in mio onore.

La bocca si piegò in un sorriso malinconico.

– Perché no? Da quella riva è davvero cominciato il mio viaggio nel mondo e la perdita di tutte le mie illusioni. In quel punto Richard Cantwell[32] seppellisce il denaro della croce d'argento; e altro che non mi va più di ripetere, ma questo lo sai.

– Sì. – dissi – Non ti spiace che ora sia qualcosa di un po' commerciale?

– Perché dovrebbe? – si girò a guardarmi – Molte azioni sono commerciali: far visitare a pagamento la mia casa a Cuba, a Key West, pubblicare postumi i miei scritti che non volevo pubblicare; e anche alcune mie scelte lo sono state nonostante l'apparenza delle intenzioni. – batté adagio la

---

32 *protagonista del romanzo Di Là Dal Fiume E Tra Gli Alberi*

mano sul parapetto del ponte – Ma questo è una specie di omaggio che mi hanno fatto. Lo trovo onesto, ed è onesto che frutti qualche soldo. Sono cadute delle belle persone qui, le migliori che abbia mai conosciuto; e se grazie al mio nome qualcuno le ricorda non è certo un male.

– Il punto è che tu sei il pretesto per ricordarle, e di molte di loro nemmeno si saprebbe che son morte qui se non ci fosse quella stele.

– Stai dicendo che io sono la ragione unica per venire qua e poi, già che ci sono, per ricordare che qui sono morti oltre duecentomila cristiani fra Italiani e Austriaci?

– Il tuo nome attira, ma sono passati cento anni. Se chiedi a qualche giovane, nemmeno ricorda che ci fu una Grande Guerra e magari la confonde con l'ultima.

– Per me fu la fine di qualcosa e l'inizio di altro.

– Molti sono stati feriti in guerra, – era una riflessione e la feci a bassa voce – ma per te è stata una faccenda durata almeno trent'anni. Ci hai scritto e riscritto mettendo molti argomenti nella storia: il coraggio, la dignità, il valore delle parole, il sapere accettare. So di sembrarti meschino ora, ma lo dico come mi viene di dirlo: non l'hai fatta un po' lunga?

Pensavo che si sarebbe offeso e che avrebbe inveito nel suo solito modo, attaccandomi.

– Non lo sai mai come un episodio possa incidere sulla coscienza, né perché incide tanto su uno e non su un altro. – rispose invece, e piegò la testa.

– Non voglio banalizzare nulla, – insistei – ma succede in guerra, e tu a volte ne parli come se fossi stato l'unico che l'ha veramente vista brutta.

– Hai mai visto la morte? – chiese e ancora non aveva il solito tono aggressivo.

– Un paio di volte ci sono stato vicino. – mormorai.

– E per te come è stata?

– Niente che ti aspetti e poi improvvisamente qualcosa di molto vicino e personale.

– Dimmi meglio. – pareva sinceramente interessato.

– È un albero che ti viene incontro mentre sei in auto e ti senti a posto, felice e con tutto quello che hai e che vorresti; e in un lampo bianco, così abbagliante da accecarti, ti porta via tutto: quello che sei e che speravi di avere.

– Molto letterario.

– Dapprima non ti rendi conto bene, – continuai e chiusi gli occhi – sai che hai rischiato e che quella non era la volta tua, ma il fatto è successo e hai delle responsabilità in tutta la dinamica che peseranno per sempre sul tuo futuro. Come ai bivi: volti a destra e sai cosa sta succedendo e quello che devi fare, ma non saprai mai cosa sarebbe successo se fossi andato a sinistra. E col tempo ti chiederai spesso perché sia capitato questo a te, ma non avrai mai una risposta. – aprii gli occhi – Se non ti avessero ferito su quest'argine credi che la tua vita sarebbe stata qualcos'altro?

– La vita è una tragedia comunque la metti, te l'ho detto.

– Cosa è veramente accaduto? – domandai.

– Mi pigliavano in giro per il mio italiano stentato, ed era un clima molto amichevole e conviviale, e mi trovavano un ragazzone americano simpatico; – guardava la riva che un tempo era la trincea, e sorrise triste – e qualcuno dall'altra parte del fiume si è offeso e ha sparato quell'unico colpo di mortaio. Ero a posto in mezzo a quei soldati, e dopo ero un maledetto idiota che scherzando aveva esagerato e fatto la cosa sbagliata e ora la pagava riverso scompostamente fra un morto e un ferito, e con le gambe piene di schegge. – di nuovo batté adagio con la mano sul parapetto del ponte – Cercando un riscatto da quella mia stupidità di prima cercai di portar via quel ferito; e mi feci mitragliare da un asino di un croato che non ci aveva mai preso prima, nonostante i proiettili sparati con quella dannata mitragliatrice in anni di guerra. Uno stupido che la faceva scontare a un altro stupido.

– Hai pregato?

– Non ci pensavo in quel momento. Ma lo sai che poi mi sono fatto battezzare.

– *Casomai avessero ragione loro*[33]. – annuii.

– Sì, dissi proprio così a proposito dei cattolici. Fu dopo che fui ferito. Ero traumatizzato e pensavo al suicidio con la pistola d'ordinanza; avevo perso molto sangue e alle mie spalle infuriava una bella battaglia. Nel buio mi portarono al punto di raccolta dove erano le ambulanze. Mi estrassero un po' di schegge, mi fecero un'antitetanica e mi diedero la morfina. Conoscevo qualcuno degli ufficiali medici, e padre Bianchi che stava fra noi feriti. Mi riconobbe, mi battezzò e diede l'estrema unzione.

Si chinò e poggiò gli avambracci sul parapetto.

– Il cattolicesimo è meglio del protestantesimo bigotto di Oak Park. – guardò le mani, le unì e incrociò le dita – Ferito e vulnerabile come ero, era un conforto sentirsi uguale agli altri Italiani feriti e identificarsi nella loro fede. Mi faceva sentire meno solo e sperduto davanti alla paura. Da allora mi sono considerato *"un cattolico un po' balordo, con più fede che intelligenza o conoscenza"*. Penso che lo lasciai fare più per la sicurezza che infondeva la sua amicizia che per vera fede, anche se Sylvia Beach ha sempre pensato che sia profondamente religioso.

– Hai mai creduto, veramente intendo.

– Che strana domanda. – ci pensò poi socchiuse gli occhi e annuì – Non starai alludendo a quella faccenda di me che mi inginocchiavo in chiesa con Pauline a pregare perché me lo facesse funzionare?

– L'hai fatto davvero?

---

33 *è la spiegazione che diede anni dopo.*

– Impiccione ficcanaso.

– Preferisci non parlarne?

– Prima o poi ci torneresti comunque sopra. Sei come un maledetto chihuahua quando addenta il risvolto dei calzoni.

– Non stavolta. Mi piacciono troppo certe tue fanfaronate per andar a verificare se sono vere.

– Ah sì? Quali?

– La volta che incontrasti Josephine Baker che indossava la pelliccia e niente sotto. – corrugai la fronte nello sforzo di ricordare – L'amore di Nick con l'indiana nell'ultimo dei *Quarantanove Racconti*, o un paio di avventure esotiche durante la guerra sino-giapponese.

– Comunque ci sono andato. – sorrise e alzò le spalle – Ci giocarono un sacco di fattori: mi sentivo in colpa, un senso di colpa maledettamente cattolico verso Hadley e Bumby, ed ero pazzo di Pauline e tutto questo era molto immorale; la separazione da loro fu una faccenda molto tormentata. Uno dei miei saccenti biografi ha spietatamente trattato la mia presunta impotenza insinuando che ci potesse essere del vero. – spiegò – Secondo una credenza nordica l'uomo che non ha figlie femmine non è un uomo, e io ho avuto solo maschi.

– Forse ha personalizzato un po' troppo la figura di Jack Barnes[34].

– Forse doveva farsi gli strafattacci suoi. Forse dovreste farlo tutti e giudicare i miei scritti e basta.

– A me non l'hai ancora detto, – obiettai – di farmi i fatti miei, intendo dire.

– Tu hai detto di aver letto i miei lavori e ti sono piaciuti, e mi sto sforzando di crederlo, mentre quel figlio di puttana era invidioso.

---

34 *protagonista di "Fiesta – Il Sole Sorgerà Ancora", colpito al basso ventre da una scheggia che lo evirato ma senza privarlo del desiderio. Metafora dei danni che causa la guerra.*

– Forse era soltanto meno tollerante sulle fanfaronate e i tuoi atteggiamenti sopra le righe.

– Volevi sapere del mio credo religioso, non divagare.

– Avevi un credo, o tutto era in quel *Nada nostro che sei nel nada*?

– Io credo che il peccato sia nella mancanza del coraggio che occorre per fare quello per cui sei stato creato, e poi in tutte le maledette balle che ti racconti per giustificarti. – si strinse nelle spalle – Ma questo presuppone di credere nel libero arbitrio come i cattolici, e di avere una buona idea su perché sei stato creato. Ora la tua domanda è per via del suicidio?

– In parte. Ma è anche per sapere da dove trarre la forza nei momenti di necessità se non sei credente.

– Il suicidio non ha niente a che vedere con la fede, anche se il Cristianesimo non lo ammette. Direi piuttosto che è in relazione alla visione che cerchi di farti della vita, e di quello che sembra promettere e poi ti toglie.

– E la fede?

– Aiuta a sopportare tutto questo; ma quando è troppo, o la fede non è abbastanza o forse è soltanto un modo forbito di chiamare la superstizione, allora è impossibile accettare ancora.

– Quindi il suicidio. – dissi, e annuì adagio.

– Quello è l'ultimo atto, dopo che hai pregato tanto e non è successo nulla, e dopo che hai bestemmiato tanto da non poterne più per far giungere il tuo dolore a un Dio che pare sempre aver di meglio da fare che ascoltarti. – c'era rabbia nella voce – Ma questo prima di convincerti che sei e sarai sempre solo, cosicché l'ultima azione la devi decidere da te ignorando il parere dei maledetti altri che ti giudicheranno poi, e diranno che eri troppo sconvolto per ragionare. Non la vedi così?

– Sì, forse. Non proprio con queste parole, ma qualcosa di

simile. Davvero hai detestato tuo padre per il suicidio?

– Più che altro perché aveva trovato una strada per finire la sua battaglia e lasciato a me il dubbio morale sull'azione in sé. Se non sei così bruciato nel cervello, ci vuole una forte motivazione.

– La tua qual era? Non sopportavi più la tragedia della vita?

– La vita è una tragedia: non c'è mai niente da vincere e il più grosso errore è darsi dei traguardi, che sono un modo elegante di non pensare alla morte. Non credi?

Non so se si aspettava davvero una risposta, e non dissi niente. Molte volte vivi come sei capace o come sei stato educato o come hai imparato da quello che ti è capitato; a volte vivi imitando altri, altre volte cercando di non farlo; spesso sopravvivi in attesa della tua occasione. Non ci sono meriti particolari e alla fine si è giudicati comunque.

– Avere un talento e credere che possa durare sempre è da ignoranti. – continuò – La vita lo sa e ti aspetta. Se non ti prende ora lo farà poi; non ha una particolare fretta perché tanto lo farà, sempre. E quando arriva il giorno che non riesci più a raccontare, che non riesci più a spiegare meglio il concetto che ti interessa, quello è il momento.

Era preso dal pensiero e guardava l'acqua, ma non credo che la vedesse davvero.

– Dovresti smetterla di aspettarti sempre qualcosa da te stesso, smettere di criticarti e accettare di esser stato e non essere più. Se riesci a fare questo passaggio sei in gamba e non avrai niente che rode dentro. Ma se non riesci... – lasciò la frase a metà e tacque per un po'.

– Dopo che avrai dato la colpa a tutto quello che ti viene in mente, che è tutto fuori di te e non è mai la verità che invece è dentro te, – riprese a dire – dopo aver esaminato tutte le balle che ti racconti, allora non ti resta che essere sincero e chiederti perché hai vissuto cedendo alle lusinghe quando volevi soltanto quella onestà che hai provato a scrivere in molti modi diversi. E se quest'ultimo senso di colpa, unito a tutti gli *avrei potuto* e *avrei voluto*, non riesci a trasformarlo in accettazione, allora sei sopraffatto dentro da qualcosa con la quale non ti potrai mai riconciliare. – guardò il Piave azzurro e l'ansa che faceva come una elle duecento metri più avanti e si spostò, forse per vedere di là dalla curva e oltre gli alberi la Casa Gialla che dal ponte non si poteva vedere.

– Il resto viene da sé, – disse e nella voce era l'amarezza di tutte le amarezze che sono nelle voci degli sconfitti – e non è difficile, perché l'ultima scelta e l'ultimo giudizio li hai tenuti per te proprio per questo momento, e per fare ciò che devi.

Non riuscii a dire nulla, e guardai l'acqua che scorreva sotto di noi: era davvero azzurra.

– Il suicidio. – fece una smorfia – In uno dei miei primi racconti, Nick Adams, che è stato il mio alter ego in molti racconti, mentre a Milano si festeggia la fine della guerra, in una stanza dell'ospedale dell'A.R.C. di via Cantù sottrae una bottiglia di bicloruro di mercurio. È ferito alle gambe e a un braccio, e prima di farla finita guarda ancora una volta le medaglie ricevute da poco e rilegge la traduzione in inglese delle motivazioni fatta da un amico. E non vede più senso in questo.

– È un tema che hai avuto presente, lo so. – dissi adagio – ci riflette Robert Jordan che, ferito, si fa lasciare indietro per permettere la fuga ai compagni, e Harry de *Le Nevi Del Kilimangiaro*, e ancora il vecchio di *Un Posto Pulito E Ben Illuminato*.

– Ci ho pensato e mi è sempre parso un atto da vigliacchi, ma col tempo ho cambiato idea e sempre più mi è parso un modo dignitoso di chiudere. – alzò gli occhi al cielo – Dopo che ti han tolto tutto e dopo aver raccontato quello che ogni giorno è tolto a molti è una buona risoluzione. Se ami la vita non sarà mai un modo disperato di finirla e nemmeno tanto complicato. La fede e il tuo rapporto con Dio non hanno a che vedere con le tue scelte, sempre ammesso che tu possa scegliere e non l'abbia già fatto lui per te lasciandoti la sola illusione di esser tu a governare gli eventi.

– Dio: lo nomini spesso. – osservai – E lasci pensare che per te tutto dipenda da lui.

Mosse adagio la testa, e gli occhi erano sempre fissi al cielo.

– Ma tutto questo era di là da venire mentre pedalavo in bicicletta fino all'argine quell'8 luglio del 1918. – disse e la voce riprese un po' dell'antico tono. Indicò col dito la strada ghiaiosa, un sentiero nel verde della sponda.

– Si cantava una canzone allora, di nascosto. – la intonò con voce bassa, e con le parole come le aveva capite allora – *Il General Cadorna / ha scritta al' Regina / si vuol' vider' Trieste / demanda cartilina / Bom, Bom, Bom. / Rumor di Canoni!*[35]. – sorrise al ricordo – Era proibito cantarla e gli Arditi soltanto se lo potevano permettere; ma anche io ero un ragazzo del '99, ferito come molti altri ragazzi del '99. Ero uno di loro.

Mi guardò e la tristezza pareva accantonata.

– Puoi non amare quel giovanotto che portava in trincea la *cicolata*? Puoi?

---

35 *Il general Cadorna ha scritto alla regina «Se vuoi veder Trieste te la mando in cartolina. Bom, bom, bom, al rombo del cannon.*

10 – Le amicizie

Non bisogna giudicare gli uomini dalle loro amicizie: Giuda frequentava persone irreprensibili.

Col naso in su fissava il parapetto di marmo sopra l'Arco del Passaggio Centrale. Adagio attraversò la strada e dopo le tre vetrine della banca si fermò sotto la lapide in via Armorari.

– Era qui. – disse – La mia stanza era al quarto piano e al piano sotto c'erano gli alloggi delle infermiere e di Agnes. Ci sono tornato tante volte, di persona e con il ricordo, ma non è mai stato in una giornata di sole come oggi.

– È davvero una bella giornata. – dissi.

– Passavo molto tempo in Galleria, quando potei iniziare a muovermi con le stampelle dopo l'operazione. Andavo a cena al Biffi se potevo permettermelo e a volte al Cova, che era a lato della Scala, chiusa durante la guerra. Poi giravo in Galleria e uscivo nella piazza del Duomo, piena di tram e umida nella nebbia. Era facile farsi degli amici e ne avevo molti, dai camerieri ai militari come me.

– Ne parli nei romanzi, – annuii – degli amici voglio dire.

– Tu ne hai?

– Sì. Certo. Ma ho fatto col tempo una classificazione fra loro: ci sono quelli che sono come fratelli e sono pochissimi, i buoni amici, i cari amici e infine i conoscenti di vario grado. Tengo molto a questa distinzione.

– Cosa ti fa decidere?

– Il grado confidenza, direi. Ho conosciuto molte persone, come molti di noi, e la propensione alle confidenze sapendo che sono ben conservate è quello che fa la differenza.

– Italiani?

– Per la maggior parte, ma ho buoni conoscenti spagnoli

con i quali ho diviso delle emozioni. Non ho girato il mondo come hai fatto tu: vivendo a lungo nei luoghi.

– Donne?

– Anche donne, sì. – annuii.

– Sei piuttosto reticente.

– Trovi? – mi sentivo sulla difensiva – Non sono molti per la verità; credo di essere piuttosto riservato e di sentirmi a posto soltanto con alcuni e non con altri.

– Con me come ti senti?

– In posizione privilegiata. – dissi dopo averci pensato – Non sono tuo amico per via del gap generazionale e di una certa sudditanza psicologica della quale fatico a liberarmi.

– Fino a ora ti sei fatto piccolo per lasciar parlare me; sei stato piuttosto in gamba.

– Oh beh. – mi schermii perché non credevo che l'avesse notato.

– Ma non mi pari in soggezione. – si allontanò di un passo e mi squadrò – Lo sei?

– Faccio del mio meglio per tenermi al passo.

– Se venissi a farti una buona bevuta con me ti sentiresti meglio. – rise – Ma non bevi e come puoi farti degli amici?

– Credi che sia per questo? – ricambiai lo sguardo – A me pare che poi saremmo più compagni di merende.

– Signore Onnipotente. – sbottò – Vuoi farmi credere di amarmi ma non ti sei ancora smollato. Come fai a entrare in empatia con me?

– A me pare che siamo a un buon livello, ma capisco cosa vuoi dire. – guardai il cielo – C'è così poco tempo e abbiamo avuto una vita così diversa...

– E che differenza fa? Posso darti ragione sul tempo, ma non sulla vita. È diversa, va bene. Ma pensi che in questo nostro incontro io debba pontificare e raccontare mentre tu ascolti e al più fai delle domande? Dove dovrei prendere la confidenza per raccontarti qualcosa di intimo se mi tieni a distanza?

– Non ti tengo a distanza Ernest. Sei maggiore, in tante cose che tu hai fatto e io no. Ti rispetto.

– Piantala! Se ti intimidisco scriverai soltanto altre balle. Non puoi limitarti a essere un biografo che vuole scoprire quello che gli altri ancora non sanno. Se vuoi lo scoop me ne posso andare in qualsiasi momento.

– Non farlo, per favore.

– Te l'ho chiesto sin dall'inizio. Cosa ci guadagno se non mi concedi nulla di te?

– L'affetto non basta?

– Come faccio a sapere se c'è davvero? Finora sono stato alla tua parola. Hai fatto un mucchio di dannate domande, ma ancora lo devo sentire davvero questo affetto. Non mi basta la tua sentita ammirazione soltanto per un racconto letto quando avevi tredici anni.

– Ho desiderato poter scrivere come te. – dissi – Non le stesse cose ma le mie cose, e con la stessa intensità che ho trovato nei tuoi lavori. Sei stato un esempio.

– E hai iniziato a scrivere per imitarmi. – sbuffò – L'ho già sentita questa storiella.

– Non imitarti, no! – risentito dissi – Ho iniziato tanti anni fa e per quanto provassi non mi piaceva come scrivevo; non provavo emozione nel narrare e non trasmettevo emozioni. Parevano cose già dette da altri e molto meglio delle mie. Allora sì mi sentivo un plagiatore, e non mi piaceva perché sapevo di avere le mie cose da dire e di poterle raccontare.

Sentivo disagio a riferire i miei esordi, perché mi pareva di esser costretto a spiegare e giustificare quello che aveva detto sull'imitarlo.

– Faticavo a trovare il ritmo giusto, il mio: quello che fa la differenza fra resoconto e racconto; e i dialoghi parevano la cosa più brutta che avessi mai letto: didascalici a dir poco. Provavo a immaginare in quali altri modi si potesse dire la stessa cosa, – abbassai la voce – e il più buono era il tuo. E provai, tante volte e tanti fogli poi corretti e ricorretti e riscritti fino a quando il racconto ebbe una sua musicalità, e suonava meglio e pareva avere quello che non c'era stato prima. Ora potevo narrare, e sentivo di poterlo fare. E la soddisfazione che provavo era il metro per misurare la bontà di questa mia maniera di raccontare.

Lo guardai, e dopo aver provato a spiegare, le sue parole ora non mi davano più tanto fastidio.

– Se ora posso raccontare quello che voglio, forse lo devo a te, – aggiunsi – ma perché ho evitato di imbrogliare.

– Ho bisogno di bere. – guardò attorno – Conosci almeno un buon bar?

– Ce n'è uno appartato qui dietro. – indicai alle mie spalle in fondo alla via.

– Non voglio un bar appartato dove non c'è niente da vedere e puoi soltanto bere in fretta e andartene. Per forza non hai tanti amici.

– Ce ne sono in Galleria. Bar all'aperto e con la gente che ti passa davanti.

– Questo è già meglio. Dici che mi riconosceranno?

– Probabilmente. – annuii – Si fermeranno a guardare poi qualcuno prenderà coraggio e vorrà chiedere se sei proprio tu. In cinque minuti avremo un capannello attorno.

– La cosa ti fa ingelosire? – con voce soave chiese.

– Sicuramente si prenderà del tempo.

– ... e tu vuoi invece tenermi tutto per te.

– Se posso sì.

– Non ti sei ancora stufato di domande? Mi hai trascinato in giro per il mondo e domande, poi domande e ancora domande. Stavo bene dov'ero prima che mi richiamassi qui. Adesso che ci sono fammi vivere un po'.

– Sei stanco della mia compagnia? – chiesi e provai una fitta dentro.

– No. Come hai osservato prima siamo a corto di tempo, e oltre che parlare vorrei far qualcosa di quello che facevo. – mi mise la mano sulla spalla – Da un pezzo le donne non mi interessano più, le corride non sono quella faccenda che era un tempo, però un buon Capri bianco e secco me lo berrei.

– Oh, – dissi – va bene.

– Andiamo. Non ti mollo col fiammifero in mano. Sei un bravo ragazzo e mi piaci, e così non serve quell'aria avvilita. In definitiva sono qui per merito tuo, e lo apprezzo.

– Davvero?

– Ma sì. – fece un gesto con la mano – Mi hai ridato un po' di quello che avevo. E non è del tutto vero che dove sto ora questo non ha più importanza. Non conta tanto perché ci sono altre cose, ma ora sono qui e un po' di bumba la berrei volentieri, come ai vecchi tempi.

Sedeva con le gambe accavallate e ogni tanto beveva dal calice il vino bianco. Il cameriere aveva messo la bottiglia in un cestello con ghiaccio; non era Capri ma Muller-Thurgau. Se il bicchiere era vuoto non ne versava altro ma aspettava di aver ancora voglia di bere per versarlo, e il vino restava freddo nel ghiaccio e poi appannava il bicchiere quando lo versava.

– Tu e le tue paure. – guardava la gente che passava e su qualcuno si soffermava con più attenzione – È un pezzo che siamo qui e nessuno si è ancora accorto di noi. Certamente mi hanno dimenticato: sic transit gloria mundi. Se fossi un calciatore sarebbero tutti qui intorno.

– Lo penso anch'io.

– Oh smettila con quell'aria da vergine contrita. – sollevò la bottiglia dal cestello tenendola per il collo e versò il vino in un bicchiere – Bevi, e se non lo reggi mangia qualcuno di questi salatini. Sono deliziosi. Li fanno con la pasta sfoglia e le acciughe. Sono piccoli e saporiti e vanno bene col vino.

– Non è esattamente che non bevo. – dissi – Mettiamola così: non bevo mai fuori dai pasti.

– E non ti sei mai ubriacato. – annuì sornione.

– Nemmeno questo è vero. – ammisi – Non reggo l'alcol, tutto qui. Da ragazzo mi ubriacai a Torino, mentre eravamo in gita scolastica.

– Finalmente! – allargò le braccia – Promette di essere una cosa interessante. Voglio sapere.

– Alloggiavamo in un albergo grigio e vecchio. Uscimmo io e un compagno, e in una fiaschetteria comprammo una bottiglia di Johnny Walker. L'aveva sotto il cappotto mentre passavamo davanti al bureau per salire in camera, poi la mettemmo fuori del balcone, al freddo. L'idea era di berla dopo cena, ma c'era un freddo cane e il whisky si raffreddò in fretta. Altri avevano deciso di andare a ballare; avevano saputo che con un tram e dopo qualche fermata si poteva entrare in un locale. Eravamo euforici, e qualcuno disse che si doveva festeggiare con un po' di whisky. Mi sentivo molto spiritoso e la bottiglia era fredda. Tolsi il tappo e ne presi una sorsata come fai tu. Scendeva come acqua fresca. Iniziai a dire che ci avevano venduto del tè e ne presi un'altra sorsata. Poi un'altra ancora. Era ora di cena e scendemmo al ristorante. Mi sentivo molto audace; cenai, poi telefonai a una amica che viveva a Torino per invitarla a ballare. – feci una pausa – È la ragazza che anni prima in spiaggia mi aveva prestato il tuo libro.

– Me lo ricordo. – alzò la mano – Quella che giocava a fare l'adulta a quattordici anni.

– Proprio lei. Insomma, la invitai ma aveva un fidanzato e non era sicura di poter venire, mi chiese l'indirizzo del locale e capii che era una balla per liquidarmi ma non me ne importava. Volevo fare l'uomo di mondo e dissi qualcosa a proposito dell'inaffidabilità delle donne e in camera bevvi ancora per celebrare l'affermazione. La bottiglia era ormai meno di metà e l'alcol iniziava a fare effetto. Scendemmo in strada e mi sentivo poco in forma. Arrivò il tram, salimmo e poi cominciai a gridare che avevamo sbagliato e dovevamo prendere quello che andava in senso opposto. Scesero tutti facendo una gran confusione e irritando i passeggeri e il conducente, e quando fummo di nuovo tutti giù cominciai a ridere e a dire che li avevo presi in giro e il tram andava bene.

– Magnifico! – esclamò.

– Non ricordo nulla di come arrivammo a quel locale ma ci arrivammo, e io mi reggevo sempre meno in piedi. C'era musica e luci basse e io stavo male. Qualcuno mi portò al gabinetto, e c'era una mia compagna che mi stava vicino e parlava e non capivo cosa diceva; lo stomaco ballava e avevo la nausea. Riuscii non so come a trascinarmi in un cesso e vomitai nella tazza. Un forte calore veniva da dentro; tirai su la testa e mi appoggiai alla parete; il freddo delle piastrelle mi fece di nuovo vomitare. Udivo delle voci, e una di donna che pareva turbata e diceva che c'era uno che si sentiva male. Mi misero in mano una cosa rotonda e calda, e quella mia compagna mi disse di bere; ingurgitai senza sapere cosa fosse e la compagna poi me la prese e me ne diede un'altra. Era caffè e me ne fece bere non so più quanti.

– Evviva. – esclamò e si versò ancora il vino gelato.

– Nemmeno ricordo come tornammo in albergo; avevo i brividi. Una ragazza aveva un termometro e lo diede alla mia compagna che era molto premurosa perché si era presa una cotta. Crollai nel letto e qualcuno mi mise il pigiama. La febbre era oltre trentotto, ma mi addormentai di colpo.

– Va avanti, sono sicuro che c'è un seguito.

– C'è; – annuii – la mattina dopo avevo ancora la nausea e credo la febbre e non volevo alzarmi, ma dovevamo partire e andare in un altro posto. Avevo una specie di storia con una ragazza di un'altra classe ed era anche lei in gita con noi, e naturalmente le avevano raccontato cosa avevo fatto. Non era venuta con noi a ballare ma era andata con altre sue compagne non so dove. Sul pullman che ci portava ad Asti mi venne vicino, e io tenevo gli occhi chiusi e lottavo con la nausea, e nemmeno me ne accorsi fino a quando non mi mise la mano sul braccio.

– *Mi hanno detto cosa è successo.* – disse, e annuii – *Non dovevi farlo. Non ne vale la pena.*

– *Come?* – chiesi, e faticavo a tenere gli occhi aperti.

– *Non dovevi ubriacarti.* – disse a voce bassa – *La nostra è una storia piccola, che non poteva durare.*

– *Oh.* – stavo per dire che lei non c'entrava affatto quando mi venne un'idea – *L'amore fa fare cose assurde, vero?* – dissi invece, e lei si morse un labbro.

– *Non dovevi farlo per me.* – ripeté – *Come ti senti ora?*

– *Confuso e con la febbre, e se penso a quella bottiglia mi sento male di nuovo.*

– *Ti prego. Non farlo più. È stata una cosa stupida.*

– *Non lo rifarò.* – era difficile essere serio con l'ilarità che balla dentro – *Sto troppo male. Sei sicura di aver capito?*

– *Sì.* – disse – *Anche se non approvo e mi spiace di esser la causa.*

– *Non preoccupartene più.* – feci l'aria contrita mentre mi veniva da ridere nonostante la nausea – *È finita, no?*

– *Prometti che non lo rifarai.* – disse e annuii.

– *Lasciami.* – chiusi gli occhi e mi sforzavo di restare serio – *Fallo ora.*

– *Non voglio lasciarti così.* – fece, e credo che mi prese la mano.

– *Non posso sopportare più di tanto,* – dissi – *la febbre e la delusione e la nausea e tu che ora te ne vai per sempre.*

– *Mi dispiace tutto questo.* – ripeté.

– *Ma è così.* – guardai fuori dal finestrino e ammetto che ti scimmiottai, quella volta, nei toni definitivi di congedo.

– Mi sta bene, se è per una buona causa. E questa lo era. Cosa successe dopo? Non ritornò? A volte lo fanno.

– Quella compagna che si era presa una cotta mi stava molto appresso e non ho mai capito perché: non avevo fatto nulla per attrarla. Ma il bello della storia è che ci portarono in visita allo stabilimento della Cinzano, e tutti quegli odori di erbe e alcol mi davano alla testa e non stavo in piedi se non mi tenevano. Il tutto senza farlo capire ai professori che ci accompagnavano.

– Sei un fanfarone anche tu. – mi guardò e sollevò il calice – Scommetto che non è vera neppure la metà; ma prosit, comunque. L'hai raccontata bene.

– Perché no? – chiesi, e sorrisi.

– Mi suona troppo preciso nelle azioni per uno che non ricorda tanto era ubriaco. Se scrivi le azioni come incisi nei dialoghi puoi farlo e sei credibile, ma se parli i particolari non sono così netti come li ha detti tu. – ammiccò da dietro il bicchiere – Non puoi ricordare di aver guardato fuori dal finestrino mentre la vostra storia finiva; oppure di esserti appoggiato alle piastrelle per sentire il freddo, dopo aver vomitato.

– Ah. – dissi – Ho esagerato nei dettagli?

– Il resto te lo passo, perché no? – posò il bicchiere – Ora dimmi una cosa. Non erano amici quelli che ti hanno aiutato mentre stavi male?

– Compagni di scuola. Qualcuno lo era più di altri. Due lo erano ai tempi, ma sono morti.

– Com'eri a quell'età?

– Fino ai quindici anni ero timido e vergognoso. Poi alle superiori diventai ribelle e insolente e lo fui per due anni, e quando mi innamorai tornai serio perché mi pareva che occorresse mostrare che ero affidabile; invece ero soltanto noioso.

– E quando finì?

– Come sai che finì? – incuriosito chiesi, e fece un gesto per dire che non poteva essere diversamente.

– Comunque finì, – ammisi – e stetti male per parecchio tempo. Direi che poi fu come essere su un'altalena, a volte triste e altre volte molto sopra le righe.

– Avevi amici, quindi. – disse, e non era una domanda.

– Ne avevo ed era una buona cosa star con loro. Mi faceva star bene.

– E poi non ne hai più avuti?

– La mia ex-moglie non amava che avessi amici o che li frequentassi. Credeva molto ai due cuori e una capanna e nessun altro attorno. Finì che ne persi parecchi e soltanto dopo molto tempo riuscii a riallacciare i rapporti con alcuni di loro.

– Non voleva?

– Dovevamo essere autonomi e autosufficienti e sempre e soltanto noi, ed ebbi la debolezza di accettarlo. Possiamo parlare d'altro, per piacere?

– Mi piacerebbe sapere di più, – osservò – ma hai saputo anche essere discreto con me, e rispetto la tua richiesta.

– A volte mi pare che ci sia una cesura fra la mia vita da giovane e quella successiva, – dissi dopo un po' – come se la prima non mi appartenesse più. Se rivedo con la mente quel giovanotto è come se uscissi da me stesso, e fatico a credere che i pensieri e le emozioni e i fatti accadutigli siano stati miei. I suoi sentimenti mi danno gioia o tristezza, ma come se fossero di un altro e ora appartengano all'umanità. – mi zittii e provai a sorridere – Sembra la frase di John Donne che hai usato in *Per Chi Suona La Campana*. – aggiunsi – Mi spiace se ora ha un ché di patetico.

Sorrise anche lui e fece segno di no con la testa.

– E le ragazze? – fece un gesto in aria con la mano, per accantonare l'argomento.

– Oh andavano e venivano, ma mai tante. Non ci crederai

ma ero convinto di non essere interessante. Ci sono voluti anni per capire che anche io potevo avere un piccolo posto. – di nuovo sorrisi – Anch'io avevo maturato nel mio piccolo che la vita può essere una tragedia e a volte lo è.

– Ti ho influenzato io?

– Ho ricordi confusi e non ti so dire se mi hai influenzato o se già maturavo il concetto e tu gli hai dato ordine.

Annuì e si versò dell'altro vino.

– Un morto non deve portarsi dentro anche questa colpa, e io ne ho già tante. – malinconico disse.

– No, senti bene. – lo guardai – Non ti ho mai attribuito alcuna colpa. Potevo non leggere oltre, o non crederti, o non farmi influenzare: sono tutte scelte mie e tu non hai alcuna responsabilità, e ho sempre pensato invece che la tua sia stata un'influenza positiva.

Sembrava afflitto, e pensai che potevo mettergli la mano sul braccio, ma non lo feci.

– A volte, quando avevo terminato di scrivere qualcosa che mi pareva buono mi chiedevo se avresti approvato. Sai, mi sarebbe piaciuto se questo incontro fosse avvenuto anni fa, quando muovevo i miei primi passi. Non avevo nessuno a dirmi se procedevo bene e dovevo fidarmi del mio solo giudizio. Dopo le ovvie difficoltà iniziali e qualche sforzo, il racconto procedeva e la storia mi piaceva, e mi sentivo a posto quando smettevo. Avevo fiducia di saper continuare senza particolari difficoltà e questo era una buona ragione per non smettere di scrivere, e comunque l'unica che avevo. Sognavo che un giorno qualcuno avrebbe letto e apprezzato e allora pubblicato, e così avrei potuto piantare quello che facevo che non mi interessava, e scrivere e vivere di quello, e girare il mondo e vedere e raccontare. Non avevo nessuna scuola né alcuna idea di giornalismo e a volte trovavo degli articoli sul Corriere che mi risuonavano dentro; li ritagliavo per studiarli più tardi e imparare anche da quelli. Mi viene

in mente ora un bell'articolo su un mercenario in Libano
che si era sparato. Ma anche un altro dal titolo evocativo che
parlava dei Russi che si ritiravano da Kabul: *Addio a Kabul.*
E un altro sul leone dello zoo di Kabul al quale dei ragazzini
avevano tirato una granata facendogli scoppiare una zampa.
Pensavo a te e li leggevo e li trovavo ben scritti, senza enfasi
e ricchi di fatti che facevano vedere le cose. Ti ho detto che a
vent'anni feci domanda al Corriere Della Sera per lavorare
come redattore?

– E poi? – chiese, e guardava a terra.

– Non è andata come speravo. – dissi e scossi la testa – A
nessuno interessava e anche se avevo un grosso sostenitore
nessuno considerava i miei lavori. Ma lui mi diceva di non
smettere di scrivere, e io non smettevo e ce la mettevo tutta
anche se la prima da sconfiggere era la sfiducia. Ne scrissi
uno che a suo dire era buono, un romanzo da scrittore: fece
molto per farlo pubblicare, ma era malato e morì e con lui
se ne andò l'ultima chance.

Alzai le spalle ricordando la tristezza di quei giorni.

– Così scrivevo, ma senza più illusioni. Gli anni passavano
ma la voglia non se ne andava veramente. Sapevo che era
dura a morire, e che non dovevo far passare troppo tempo
sennò l'avrei persa per sempre. Era assopita, ma pronta a
ricominciare all'occasione. Qualche occasione talvolta c'era,
e lo facevo per me, perché mi veniva un moto di ribellione al
pensiero che tanto desiderio dovesse finire in niente come
tante altre cose che ho desiderato nella vita; e quando non
ci speravo più ho pubblicato un romanzetto. E anche se non
guadagno una lira, ora qualcuno ha messo accanto al mio
nome il titolo di "scrittore". – feci una pausa – E talvolta mi
ci sento anche. – aggiunsi, e poi stetti zitto perché non mi
pareva occorresse altro per spiegare me stesso.

Alzò la testa e mi guardò. Gli occhi erano tornati cordiali
oltre le lenti degli occhiali.

– Bevi ora, e poi ti dirò qualcosa. – indicò il bicchiere ed esitai, ma poi lo sollevai e bevvi; non era più gelato e sapeva di qualcosa che ricordava gli odori delle taverne e l'umido delle cantine e i tappi di sughero, ma bevvi e riappoggiai il bicchiere sul tavolo.

– Cosa? – domandai.

Annuì.

– Ti voglio bene. – disse semplicemente. – Sei mio amico. Non potrò mai aiutarti a farti leggere, ma troverò il modo di farti sapere se quello che scrivi è buono, magari venendo nei tuoi sogni. Sei onesto e non usi trucchi e sai raccontare. Sono cose buone.

– È molto, Ernie. – dissi quando riuscii a parlare, perché mi pareva un buon giudizio detto da lui – Un gran regalo.

– Perché mai usi il diminutivo ora?

– Non lo so. – scossi la testa – Mi è venuto così.

– Sai come si dice: ad andare con lo zoppo si impara. – si sfregò l'occhio infilando il dito sotto gli occhiali, ma non intendeva scherzare e lo capii bene.

– Ora mi viene da pensare che per te è stato l'alcol a darti il coraggio di osare, e a me invece la vecchiaia.

– Beh sei in svantaggio. Io ho cominciato da giovane e tu invece cominci da vecchio, anche se in definitiva non vuol dire molto, soltanto che hai meno tempo; ma la qualità non ha niente a che vedere col tempo.

Non dissi niente perché non sapevo cosa dire; mi pareva difficile fare passi da gigante da vecchio. Immagino che lo capì, perché mi diede un colpetto sul braccio e poi strizzò l'occhio.

– Anche se i nostri nomi hanno la stessa iniziale, ricordati sempre che non sei Ernest. Anche se ti sembra un monito superfluo ricordatelo.

– Di tuo avrei voluto soltanto le occasioni, e quel mondo che tu hai avuto e quel coraggio; imparare per aver visto, e non per sentito dire. – mi interruppi – Forse sarebbe più esatto dire che mi sarebbe piaciuto riconoscere le occasioni che ci sono state.

– Te la sei cavata, comunque. Se fossi stato un plagiatore non sarei qui ora.

– Ammiratore. – dissi, poi mi corressi – Aficionado.

– Un po' di vino scioglie la lingua e migliora i pensieri. – guardò attorno – Intanto, contro ogni previsione, nessuno ci ha notati.

– Non me di sicuro. – feci no con la mano tenendo l'indice alzato – Mi sorprende che nessuno abbia notato te. Pensavo che saremmo finiti in mezzo a una calca di gente in cerca di autografi.

– E allora possiamo pagare e andarcene. Un tempo ero in buoni rapporti con i camerieri, ma questo ha una fretta che rende impossibile ogni simpatia. – sollevò il braccio per attirare la sua attenzione, ma guardava da tutt'altra parte e non ci vide.

– Andiamo a pagare alla cassa. – dissi.

– Niente mancia?

– E chi le lascia più oggi? – alzai le spalle – Ai tuoi tempi forse era facile parlare con loro, ma oggi devi sederti e avere le idee precise su cosa vuoi, ordinare e aspettare che te lo portino con i loro tempi; e rispettando un certo tempo, che dipende da quanta gente c'è e quanta aspetta che liberi il tavolo, alzarti e andartene. Conclusione: niente mance.

– Come dire che è meglio che non perda tempo a tornare da dove mi hai chiamato. – rise – Voialtri siete dei pazzi. Ma adesso dimmi dove vuoi andare.

– Lo sai dove mi piacerebbe.

– Ah sì. Piace anche a me, anche se so che mi farà male.

– Puoi ora?

– No, ma so di essere in buona compagnia per andarci, se è vero che mi vuoi bene.

11 – Parigi

*Per Parigi non ci sarà mai fine e i ricordi di chi ci ha vissuto dif-
feriscono tutti gli uni dagli altri. Si finiva sempre per tornarci, a
Parigi, chiunque fossimo, comunque essa fosse cambiata o quali
che fossero le difficoltà, o la facilità con la quale si poteva raggiun-
gerla.*
(Festa Mobile)

Avevamo percorso la salita tenendoci sul marciapiede di
sinistra e arrivati alla stretta Rue Rollin si fermò e guardò il
numero 74 di Cardinal Lemoine. A sinistra della porta blu
c'era una targa sul muro e si potevano leggere in francese le
parole finali di Festa Mobile.

Alzò gli occhi al terzo piano e lo indicò; più sopra era il
cielo grigio di nuvole.

– Stavo lì. – disse – E quella alla fine della via è la Place de
la Contrescarpe.

– Ho sempre pensato che tu abbia caricato un po' su quel
"molto poveri".

– Appena arrivati lo eravamo, e potevo contare soltanto
sul lavoro di corrispondente del Toronto Star. – mi guardò –
A quell'epoca non sarei certo riuscito a vivere con la paga di
corrispondente. C'era la rendita di Hadley che non l'ha mai
fatto pesare, e con quei dollari convertiti in franchi si poteva
vivere a Parigi. Ora chiudi la bocca.

Guardò in giro e si spostò un poco per vedere meglio la
piazza.

– Qui dietro c'è Rue Mouffetard e il Café des Artistes che
non mi piaceva, ma se torniamo su Rue Thouin e svoltiamo
subito a destra c'è l'albergo dove andavo a scrivere, la casa
dove è morto Verlaine.

– Non conosco bene il Quartiere Latino. – dissi.

– Allora stai zitto. – mise le mani in tasca – Mostra un po'
di rispetto per il giovane Hem.

Sorrisi e annuii. Non lo dissi, ma lasciarlo parlare era la
cosa che più desideravo.

– Lavoravo a un racconto: *Su Nel Michigan*, e mi piaceva
scriverlo perché in parte si era scritto da sé. Poi la Stein lo
lesse e lo definì *inaccrochable*.

– Beh, – dissi – anche se mi ha detto di chiudere il becco,
questa te lo devo proprio dire.

– Che l'hai trovato illeggibile?

– No! – mi venne da ridere – Ascolta: La lettura di *Addio
Alle Armi* mi aveva colpito molto e volevo leggere altre cose
tue. Ero a Roma e ne parlai con un ragazzo che conosceva
mio cugino e lui mi disse di leggere *I Quarantanove Racconti*. Uno fra tutti aveva preso la sua fantasia, ed era proprio
Su Nel Michigan. La sua curiosità era naturalmente sul punto in cui lui, ubriaco, la abbraccia da dietro e le mette le
mani sul seno, ma anche dopo quando la prende sul molo e
lei dice che è grosso e fa male.

– Figli di puttana. – disse – Non l'ho scritto per solleticare
le vostre fregole giovanili.

– No, certo. – mi grattai il naso – Però non avevo mai letto
niente del genere. Eri frizzantemente scandaloso ed era un
piacere leggere le cose audaci che scrivevi. Dopo c'è stato
Henry Miller, ma non è mai stato veramente interessante
come te. Comunque ti confesso che per vedere se ce n'erano
altre mi lessi tutti i racconti, e alla fine uno mi restò dentro
più degli altri e ancora mi è dentro: Capitolo V.

– Cosa?

– *Fucilarono i sei ministri alle sei e mezzo del mattino...* –
citai – Ricordi?

– Che cos'ha di così particolare? – chiese.

– In undici righe c'è tutto quello che c'è da sapere. Non
immagini che termine di paragone per i miei scritti sia sta-

to. Ho desiderato fortemente di poter un giorno arrivare a una sintesi come quella e ho lavorato molto su racconti brevi sforzandomi di cogliere soltanto ciò che veramente va detto e non altro.

– È qui a Parigi che ho affinato il mio modo di raccontare, usando meno aggettivi possibile e minor numero di parole che servono per raccontare i fatti, che in definitiva sono ciò che conta. – alzò le spalle – Capisci l'amore per questa città? E quanto possa far male?

Prendemmo per Rue de l'Estrapade e camminava piano guardandosi intorno. Non conoscevo le strade e gli stavo dietro guardando anche io e senza far domande. Era tutto bello e nuovo, per me. Percorremmo Rue Malebranche che mi ricordò Dante, e Rue Sufflot e arrivammo al Jardin du Louxembourg. Passammo vicino alla statua per Verlaine e uscimmo in Rue de Fleurus; continuammo superando due librerie, una dirimpetto all'altra all'inizio della via.

– Non chiedi? – disse.

– Credo di sapere. – gli camminavo a lato, passando sotto case d'epoca e moderne.

– Lo sai o credi soltanto? – rallentò il passo.

– La contadina friulana. – annuii – Questo hai detto che ti ricordava.

– L'ho detto, sì. – sorrise ironico – Probabilmente se le avessi dato troppo retta non sarei mai diventato uno scrittore. Era molto innamorata di se stessa e prodiga di consigli; e anche io ero molto innamorato di me stesso, ma bisognoso di incoraggiamenti.

Si fermò e indicò il numero 27[36]. C'era una targa a lato del portone.

– Sono citati sia il fratello sia la Toklas. – osservai.

– Eh sì. È una scritta molto tranquilla che dice tutto senza

---

36 *La casa parigina di Gertrude Stein*

dir niente. – socchiuse gli occhi è guardò il secondo piano –
La Toklas si ingelosì a causa mia e fecero una bella litigata.
Parlò male di me in una intervista che le fecero da vecchia,
per le mie dichiarazioni su Miss Stein. All'inizio non era
astiosa, lo divenne poi, quando la mia frequentazione iniziò
a diradare dopo che *Fiesta* fu accettato.

– Con quel libro hai offeso parecchi dei tuoi conoscenti. –
osservai.

– Oh. – alzò le spalle – Con *Torrenti Di Primavera* si offese
Anderson, e con *Fiesta* si offesero altri. Non capivano che i
loro vezzi e abitudini erano un buon modo di raccontare
personaggi veri. È sbagliato identificarsi in un personaggio
letterario e offendersi. Nella trama di un racconto serve che
qualcuno faccia qualcosa, e per descriverlo credibilmente
occorre che tu lo abbia visto fare o che immagini qualcuno
che hai conosciuto che possa averlo fatto. Un conoscente è
perfettamente raccontabile quanto altri. Ma se sono manie
o atteggiamenti o affettazioni, o anche soltanto il loro modo
di esprimersi che nel contesto risulta poco lusinghiero ecco
che si offendono. Volevo raccontare persone autentiche che
si muovevano fra gente vera: brave persone, altri discutibili
e anche quelli non rispettabili. Nessuno è più vero di chi hai
conosciuto, e all'occorrenza, se hai osservato bene, saprai
sempre come utilizzarlo.

– Non mi riferivo a questo. – dissi – Sei stato accusato di
ingratitudine e di cinismo verso amici e conoscenti, a volte
anche di atteggiamenti sadici.

– Ho amato la gente che ho conosciuto, – storse la bocca –
oppure l'ho detestata. Per quelli che ami è difficile accettare
che possano deluderti. Con quelli che non ti piacciono sei in
vantaggio: parti prevenuto, e se fanno qualcosa di sbagliato
non ti deludono ma rafforzano l'opinione negativa che ti eri
fatto. – abbassò la testa – In entrambi i casi questo produce
in te delle reazioni che altri trovano discutibili. Ho cercato

di spiegarlo a Baker quando scrisse la mia biografia, e alla fine decisi che poteva scrivere che ero questo e quello e quell'altro senza spiegare perché. In definitiva era vero, e sono stato anche un pessimo soggetto con poche buone creanze, opportunista, ingrato e invidioso e ambizioso nel senso peggiore, e tutto quello che vuoi mettere per definire il lato nascosto di un uomo.

Guardò in fondo alla strada e alzò le spalle.

– Nessuno è sempre buono o sempre cattivo, – aggiunse – e le motivazioni sono sempre e soltanto sue; per quanto le spieghi, gli altri le capiranno col loro metro di valutazione ma non col suo, cosicché rimarrà spesso un mistero perché in quell'occasione abbia fatto questo e non quello. Spesso il campione di riferimento è il perbenismo e il moralismo e quello che ti aspetti che uno faccia, e così diventa criticabile qualsiasi altra cosa.

Mi parve una giustificazione di maniera, ma non lo dissi. Dietro tutte le spiegazioni e le ammissioni c'era quello che ancora non era uscito e che avrebbe chiarito molto, ma era il segreto che confessi soltanto a te stesso, e avevo scelto di rispettare la sua volontà di non dire ciò che non voleva.

– Il fine dello scrivere è raccontare la verità. – riprese a dire – Ho scritto ciò che ho visto e che ho provato e quello che mi hanno fatto provare. Non tutti sono stati gentili con me, e mi hanno offeso senza curarsi della mia sensibilità; ho dovuto accettare, e alla fine quello che ho imparato è stato usato per raccontare nel modo più vero possibile. – annuì – Non nego di essermi preso delle soddisfazioni, ma alla fine la più grande è stata constatare l'efficacia dei miei sforzi.

Guardò il portone chiuso cosicché non potevamo entrare e vedere il giardino.

– Arrivai con una lettera di presentazione di Sherwood Anderson, che era uno dei suoi fedeli sostenitori e scriveva buoni racconti e non buoni romanzi. – aggiunse – E quando lo attaccai scrivendo in soli dieci giorni la parodia del suo ultimo romanzo, la Stein si seccò moltissimo perché avevo toccato uno del suo entourage.

– Non sempre hai detto la verità in *Festa Mobile*, vero? Hai tirato un bel po' l'acqua al tuo mulino.

– Quando l'ho scritto molti erano morti. Volevo ricordare e raccontare i primi tentativi e la dedizione che mettevo nei miei esordi letterari, e le persone che furono parte di quel tempo e influirono sulle idee che maturavo. Ero convinto di quello che volevo raccontare e facevo esperimenti di forma per rendere più efficace lo scritto, ma nella Parigi degli anni Venti, per quanto progressisti fossero la città e le idee e la gente che qui lavorava e creava, era comunque avanguardia letteraria; e anche se qui molto ti potevi permettere, c'era sempre di fondo il dubbio di essere arroganti, fuori da ogni senso logico o anche soltanto *inaccrochables* come diceva la Stein e quindi fuori mercato. Ci volle *Addio Alle Armi* perché la critica fosse finalmente convinta che non ero scrittore di pochades.

Rimase a lungo con la testa piegata a guardare in su; non dissi nulla e immaginai che essere ancora una volta davanti al portone della Stein fosse comunque un'emozione.

– Devi comprendere che all'epoca avevo bisogno di tutto e di tutti. – mosse piano la mano in aria – Ci sono dei rischi, come sempre, quando fai qualcosa di nuovo: di non piacere, di non essere sufficientemente chiaro o di esserlo troppo. Le critiche andavano bene, le cercavo ma le volevo sulla chiarezza, la trasparenza e la comprensibilità di quello che scrivevo. Non volevo essere attaccato per gli argomenti o per i personaggi raccontati e nemmeno perché offendevo le loro pupille puritane o perché provavo a narrare nel modo più semplice e sincero, il più facile per chiunque da capire. O peggio ancora perché non ero stato gentile con qualcuno, anche se all'epoca mi sforzavo di esserlo con tutti, anche a costo di sacrificare qualcosa alla verità del racconto. Per la Stein ero rozzo come un battelliere del Mississippi; proprio non capiva il desiderio di descrivere come Cezanne dipinge. – La voce salì di un tono mentre si infervorava nel ricordo – E nemmeno capiva che un battelliere era molto autentico, e che mi sentivo più vicino a lui e al suo modo rude di essere autentico che al suo salotto letterario.

Si tolse gli occhiali e li mise nel taschino della giacca di tweed; scosse la testa adagio, più volte.

– Le sono stato grato di molte cose; – continuò, e la voce era tornata normale – e finché mi ha considerato una sua giovane promessa sono stato sempre delicato, ascoltando i suoi consigli e imparando più che potevo. Non ho detto la mia nemmeno dopo che dimostrai con *Fiesta* che si poteva provare e riuscire. – si scurì in viso – Fu arrogante da parte sua affermare che lei e Anderson mi avevano creato, e che ne erano fieri ma se ne vergognavano.

Scosse la testa accigliato e poi rise; mi parve di cogliere un tono di sfida.

– Ero insomma un ragazzaccio che nonostante gli sforzi e i suoi liquorini e le sue tartine, non comprendeva niente del buono che lei elargiva generosamente, come i cibi raffinati, l'eau de vie e i preziosi consigli; ero troppo crudo per cavar qualcosa di decente, e ciononostante con una efficacia che inspiegabilmente qualcuno riconosceva. E sì, forse qualcosa c'era; ma bisognava lavare e sgrezzare e raffinare questo paria della letteratura. – interruppe lo sfogo e cambiò tono – Povera signorina Stein; *Fiesta* fu un successo proprio per l'argomento. La sua *Generazione Perduta* nata in un garage! Ma aveva ragione, io bevevo troppo whisky, troppa grappa e poca della eau de vie che serviva lei. Scrisse che la mia vita poteva essere un magnifico libro se soltanto avessi detto la verità invece di raccontare tante balle.

– In qualche misura però qualcuno ha pensato di esser

stato usato, in particolare le tue donne.

– Ah, ma sempre per fini letterari. – scherzò – La verità è che vivevamo molto col vitalizio di Hadley, poco con il mio lavoro e qualcosa in più con le corse dei cavalli. E io volevo scrivere e perfezionare il mio modo; e vedere e raccontare quello che vedevo e scrivere una storia su tutto quello che vedevo. E lo volevo fare col mio modo di dire e non con quello di altri; e alla fine è stato così buono da affascinare un giovanetto di tredici anni. – mi indicò spingendo avanti il mento.

– Come dire che il fine...

– Oh, lascia in santa pace Machiavelli, non l'ha inventato lui l'opportunismo, ne ha solo fatto un buon racconto.

– Sempre parlando di buoni racconti, – dissi – scrivesti *Il Grande Fiume Dai Due Cuori*.

– La Closerie des Lilas. – annuì – Un posto magnifico per scrivere, a patto di non incontrare persone invadenti, ma anche con gente invadente se riuscivo a restare concentrato e non ascoltarle. Ci sei mai stato? – chiese, e scossi la testa.

Mi guardò e parve riflettere, poi mi fece segno di seguirlo muovendo la testa; proseguì fino alla fine di Rue de Fleurus e voltammo a sinistra su Boulevard Raspail, e nei pressi dell'entrata della metropolitana andammo a sinistra su Rue de Notre Dame des Champs e la percorremmo tutta fino al numero 115.

– Stavo al 113. – disse – Era una segheria e sopra c'erano degli appartamenti: questa casa non c'era e nemmeno altre che ora vedi. – indicò qualche edificio – Più indietro, al 70 bis, era la casa di Ezra Pound, l'uomo più gentile che abbia conosciuto e affabile con chiunque. Era uno studio povero, e si era fatto alcuni mobili da sé. Non piaceva alla signorina Stein naturalmente, e questo dovrebbe essere un titolo di merito da mettere sul biglietto da visita.

– Era fascista. – osservai – Collaborò con la Repubblica di

Salò e poi fu processato dagli Americani e rischiò la pena di morte se non fosse stato per l'infermità mentale.

– Era un buon poeta, un buon amico e gentile con tutti, e questo basta. E devi credermi perché tu non c'eri, piccolo saccente. – mi fissò con disapprovazione – Tornammo dal Canada con Bumby appena nato ed era inverno. C'era una casa libera sopra la segheria e ci trasferimmo vicino a lui, e questa nuova sistemazione mi piacque sempre.

– Nel '23? – chiesi e annuì.

– Bumby era il più bravo bambino del mondo e se Hadley andava a tenere lezioni di piano lo portavo alla Closerie e stava buono per tutto il tempo che lì scrivevo, e guardava interessato la gente che passava sul Boulevard. Non vedevo nulla di sconveniente nel far stare un bimbo in un café, e la Closerie era un buon posto e i camerieri brave persone che erano state in guerra e ora servivano i clienti.

– In Italia nessuno terrebbe mai un bambino per ore in un bar. – osservai.

– Ecco perché pochi scrivono roba buona. – chiosò – Siete viziati voi del nuovo secolo. Ho visto oggetti assolutamente innocui venduti con la scritta *"tenere fuori della portata dei bambini"*. – gli venne una risata profonda, di gola – Siete così idioti?

– Sì. – annuii – A volte più di altre, ma non ci badare. Vai avanti a raccontare.

– C'è un gran passaggio davanti e molto da descrivere se non ti viene niente di buono di tuo. Ma se hai qualcosa di tuo da raccontare un café va benone e la gente di passaggio non da alcun fastidio. – indicò in fondo alla via – Vedi quella parete verde più bassa? È la Closerie, e anche un ignorante come te dovrebbe sapere che lì si sono fermate le più belle teste del secolo scorso, tra le quali il sottoscritto.

Si incamminò adagio, e gli stetti al fianco.

– Sei emozionato? – chiesi e mi guardò.

– Sono un bravo ragazzo, – borbottò – non stare a sentire la Stein. Certe cose fanno male come a chiunque altro.

Lasciai che andasse avanti da solo. Mi dava l'impressione che andasse adagio volutamente, come per scoprire pian piano i suoi vecchi passi.

Alla fine della via, e passata la parete verde a vetri nella parte superiore, rallentò ancor di più e sbirciò la statua nella piazza, con il cancelletto tondo attorno.

– *Je suis le brave des braves.* – mormorò.

– *Je suis Ney.* – completai la frase e si girò a guardarmi.

– Qualcosa sai, in definitiva. – approvò. Era una giornata nuvolosa e la spada sguainata del maresciallo di Francia era protesa al *ciel gris*. La testa era girata verso di noi, a dirci di continuare, e alle sue spalle era La Closerie des Lilas, e da lì cominciava Boulevard du Montparnasse. Si spostò davanti all'ingresso camminando adagio, e pensai che andava piano forse pensando di ritrovare qualcosa, così non parlai né feci domande.

Sbirciò attraverso le siepi, e a lato dell'ingresso guardò il menu su una specie di leggìo con una vasca di fiori rossi sotto.

Le insegne col nome e la scritta restaurant-bar erano ai lati del balconcino del primo piano con la tenda verde, per esser visibili sia dal Boulevard sia da chi veniva da Notre Dame des Champs. L'ingresso era un arco di foglie verdi, e all'interno c'erano i funghi a gas per tenere caldo il dehors d'inverno; più oltre, sotto la tenda, iniziava la Closerie con i tavolini di legno e quelli più alti di metallo e il bancone di legno lucido, e alla sinistra i tavoli di zinco del restaurant all'aperto. Di là della siepe intravedevo il bronzo di Ney, che intuivo fosse parte dei ricordi di quel tempo, anche se non potevo sapere la ragione. Rimasi un po' indietro, per non interferire nelle sue emozioni.

– Le filet de boeuf Hemingway. – lesse adagio, scandendo

le parole, e mi chiesi se lo vedeva come omaggio al pari del percorso di Fossalta; ma non era la stessa cosa, e comunque non era la sola, c'erano già i cocktail Hemingway e i menù Hemingway, e adesso il filetto Hemingway.

Non fece alcun commento. Si limitò a guardare, e osservò a lungo spostandosi adagio lungo la siepe.

Restai distante chiedendomi cosa provasse, ma non ebbe alcuna reazione. Stette un po' a sbirciare l'interno, e quando si voltò sul viso non vidi più l'emozione intensa che aveva prima di girare l'angolo. Fece segno di no scuotendo la testa molto adagio e sorrise, e mi pareva avvilito. Tornò adagio al giardinetto attorno alla statua di Ney e guardò in su; ancora pensai che c'era un significato o una spiegazione legata alla statua, ma non chiesi.

– Andiamo. – disse infine, e deglutì – C'è ancora qualcosa che devi vedere.

Percorremmo un tratto di Avenue de l'Observatoire e poi Boulevard Saint Michel. I Giardini du Louxenbourg erano a sinistra e camminammo lungo il recinto in Rue de Médicis; davanti all'Odéon infilammo la via a sinistra, costeggiammo il teatro, e in Place de l'Odéon prendemmo Rue de l'Odèon. Era cominciata la pioggia, leggera dapprima, ma era finita dopo uno scroscio nei pressi dell'Odéon, e il cielo era grigio oltre i tetti delle case della via non tanto larga.

Non parlava, e standogli dietro mi sentii di essere ancora il ragazzo che a Venezia seguiva il padre nelle calli dietro l'Arsenale che portavano alle scuole della Marina Militare, dove aveva studiato da allievo. Anche mio padre allora non parlava, e rispettavo il suo silenzio non facendo domande.

Salì sul marciapiede di destra e davanti al numero 11 si fermò e guardò il 12 sul marciapiede di fronte: un negozio di abiti.

Guardò a lungo, in silenzio e con le mani nelle tasche dei

pantaloni. Il viso esprimeva concentrazione e qualcos'altro che attribuii ai ricordi e alla struggente nostalgia che a volte rievocano.

– Sylvia era una bella persona, – mormorò poi – ed era un piacere stare al caldo fra i libri a parlare. Un posto semplice e pulito e con la facciata più larga di come la vedi e la scritta grande sopra che arrivava fino al pluviale, col numero 12 a entrambi i lati del nome, e un gradino per entrare e le tende sui balconcini del primo piano.

Annuii senza dir nulla, e anche per me era un'emozione essere davanti alla casa della libreria più famosa al mondo. Guardai la targa e lessi ciò che nessuno ricorda più, che la Shakespeare & Co. fu l'unica a rischiare pubblicando l'*Ulisse* di Joyce.

– Tenevi così tanto a venire a Parigi. – disse e mi sembrò che tornasse da molto lontano.

– Tenevo a venirci con te.

– Non c'è più quella Parigi. Hanno dovuto mettere delle targhe per ricordare che c'è stata. Tante belle persone, che non erano la *Generazione Perduta* della Stein ma creatori di vera avanguardia artistica; e prima o poi li incontravi tutti: quelli buoni e quelli che avevano un'alta opinione di sé e si credevano buoni e rompevano le scatole senza mai riuscire veramente simpatici. – guardò lungo la strada – Ero sempre affamato; camminavo tantissimo per vedere tutto ciò che ritenevo interessante, e questo mi metteva ancor più fame. E c'erano posti deliziosi; costavano poco e avevano il pane croccante a volte ancora caldo. Potevi mangiare anche solo quello e bere una birra e sentirti bene.

– Sì. – dissi e non mi veniva altro da dire.

– Beh? – mi prese il braccio – Che ti succede ora?

Scossi la testa.

– Un po' di malinconia, credo. – dissi poi – Vedo cose che non avrei mai creduto di vedere se non fosse ora grazie a te.

Anche se nulla è più com'era posso sempre immaginare, e questo lascia per un po' senza parole.

– Non hai domande? – scherzò e scossi la testa.

– A volte occorre lasciare che le cose entrino, e parlarne impedisce di farle entrare. – forse c'era amarezza nella mia voce, perché mi guardò – Non sono cose mie e mi dispiace; vorrei che lo fossero, e così forse riuscirei a spiegare quello che provo.

– Empatia. – disse, e sorrise e si strinse nelle spalle.

– A volte è come aver dentro tutto il dolore del mondo. – mormorai – E non riuscire a sopportarne altro.

– Non hai imparato a proteggerti. – mi batté sul braccio – Devi, se non vuoi restare schiacciato.

– Sì. – dissi – Credo davvero che dovrò. Grazie.

– Capisci ora questo vecchio fanfarone? – chiese, e la voce era soave e affettuosa. Annuii, ma ancora non potevo dire altro.

Guardai lungo la via e più oltre il colonnato dell'Odéon. E c'era ancora qualcosa di commovente che non mi lasciava, e aspettavo che passasse.

– Sì. – risposi alla fine – E anche altro. E potrei parlarne e non servirebbero troppe parole.

Tacemmo a lungo. Non serviva più far domande, e molte cose si chiarivano da sole. Era sufficiente guardare, non occorreva altro. Bastava chiudere gli occhi per vedere.

Non so dire quanto tempo passò così. Poi mi accorsi che mi guardava, e sorrideva paziente.

– Tutto questo camminare non ti ha fatto venir fame? – chiese; e fu come tornare indietro e annuii – Bravo ragazzo! C'è un posto che ai miei tempi era una buona brasserie.

– Dove?

– St. Germain.

– Les Deux Magots?

– Ahhh. – alzò le spalle.

– Sono curioso, ecco tutto.

– Lipp. Puoi fidarti, e ti conviene perché pagherai tu.

– Oh. – dissi – Va bene.

– A Parigi sono tuo ospite. Sei tu che mi ci hai portato. – pareva felice – E stasera, ti avverto, dormiremo al Ritz.

– Hai il tono di chi si piglia una vendetta.

– È una vendetta. E potrei scegliere il Dôme o la Closerie e allora non rideresti tanto, dopo. – alzò le spalle e la voce si addolcì – Consideralo un omaggio ai vecchi tempi. Quando ero povero e con un gran desiderio di riuscire a essere uno scrittore.

Da Lipp, seduti a un tavolo aveva bevuto un bel po' da un grosso boccale, un distingué come l'aveva chiamato lui: un litro di birra, schiuma annessa. E quando arrivarono i filet de boeuf ordinò un demì perché il distingué era quasi finito.

Ci eravamo seduti con un dubbio: non sapeva se beveva più lui o Maigret, ma mentre aspettavamo se l'era presa con Mary che non so per quale ragione gli era venuta in mente proprio in quel momento, e poi era passato ai critici.

– È il massimo della stupidità andare a frugare fra i miei scritti – disse – e confondere i miei articoli per i giornali con quello che ho scritto dopo. Altera il giudizio su quello che ho pubblicato in seguito, ma la cosa peggiore è farlo dopo che uno è morto, perché non può più neppure difendersi... Uno scrittore, mi pare, ha il diritto, no? di scegliere quello che vuole che sia da lui pubblicato.

– Stai ripetendo più o meno una frase tua che ho letto da qualche parte. E Mary non doveva aprire quel baule, anche se le sono grato per aver pubblicato *Festa Mobile*.

– Soltanto quello?

– Un po' anche per *Isole Nella Corrente,* e per *Il Giardino Dell'Eden* così diverso dagli argomenti cui ci avevi abituato.

– Per Hotchner eravamo male assortiti. Già dopo pochi

mesi ci detestavamo, ma ero troppo vecchio per affrontare un quarto divorzio. – si tirò indietro quando il cameriere gli mise davanti il piatto, guardò la carne e le patate gratinate e annuì approvando.

– Beh, se vuoi potresti chiederti che bisogno hai avuto di sposarla. Di metterti sempre una donna di fianco, come se non fossi capace di stare solo.

– Con Martha[37] che era una giornalista come me ma che si credeva più brava, la vita era stata un inferno.

– In realtà stavo pensando a Hadley. – dissi – È con lei che hai inaugurato la serie dei matrimoni.

– Non si poteva esser soli nella Parigi degli anni Venti. – tagliò un pezzo di carne e lo intinse nella salsa bearnese – Dovevi avere una *légitime* o cercare qui una donna, con le iniziali difficoltà della lingua.

– Di tutte le balle questa è la peggiore.

– Va bene. – concesse – Volevo avere una donna. Ai tempi avevo la paga da corrispondente se lavoravo, l'ambizione di scrivere e poca inclinazione a cercar donne. Un dollaro si cambiava a 15 franchi, e dapprima il mio problema era di avere il dollaro da cambiare; un pasto decente costava da tre a cinque franchi. La rendita di Hadley ci permetteva di mangiare e vedere i posti che volevamo vedere, e viaggiare e sciare in Svizzera e amarci, perché ci amavamo, maledetto impiccione.

– Questa è un po' meglio.

– E allora? – sbuffò – Un uomo deve avere una donna.

– Ahhh, ecco. Questo mi spiega un po' la raccolta di *Men Without Women*.[38]

– Ecco cosa? – disse con forza – Tutti nel nostro mondo avevano una donna e a volte anche più di una. E se erano ricche spesso li mantenevano. Erano parte della nostra vita

---

37 *Martha Gellhorn terza moglie di Hemingway*
38 *seconda raccolta di racconti, pubblicata nel 1928*

in quegli anni; l'aveva Pound, e Joyce, Picasso e i pittori che valevano qualcosa, e anche quelli che credevano di valere qualcosa; e Fitzgerald era quello messo peggio perché i suoi lavori si vendevano bene mentre Zelda era invidiosa del suo talento che lei non aveva; ma sapeva fare la graziosa frivola mondana, cosa che ha insegnato anche alla figlia. Hai presente Daisy de *il Grande Gatsby*? Era Zelda.

– Oggi lo sanno tutti. E lei ti detestava e ti considerava un bluff. – dissi, e alzò le spalle.

– Ero un bluff ma avevo visto il suo. – masticò adagio e bevve per inghiottire – Quella donna era un trucco e Scott ci era finito dentro, vestito di tutto punto e con le scarpe in mano.

– Ci cascano tutti prima di imparare. – tagliai la carne.

– Per Scott non fu così, non imparò. Dovetti incoraggiarlo molte volte a non mollare con *Tenera È La Notte*, e alla fine fu un bel romanzo. – guardò oltre la vetrata – Il vantaggio che puoi prenderti su di loro è nel non lasciarsi irretire dai loro giochi. I miei protagonisti amano ma le tengono distinte da quel che fanno. Questo mi hanno insegnato: controllare il bisogno che puoi avere di loro e non lasciarsi assorbire la testa dai loro trucchi: ma se sanno che ti hanno in pugno ti governeranno, e quando avranno finito non ci sarà rimasto più niente di buono di te, e loro saranno più forti con un altro o anche soltanto per se stesse. Non amano; divorano e si rafforzano con la bocca piena di tuoi brandelli.

– E per te, cos'è che da loro il diritto di fare questo?

– La loro debolezza, che è un altro sporco trucco. Oppure la loro indipendenza che non esiste ed è un'impalcatura con la quale qualche volta ti attirano.

– Mi pare che ne avevate paura.

– Sono buchi neri. – affermo con forza, poi si zittì e rise – Non dico quel buco, malpensante sporcaccione. Ti avvicini e sanno ammaliarti come le sirene, ma poi ti risucchiano in un vortice che sa soltanto prendere, e quando ti risputano puoi esser certo che ti manca qualcosa.

– Le descrivi come dei dittatori che ammaliano le folle.

– Che strano paragone – smise di mangiare – Da quelli ti puoi difendere, è chiaro da subito cosa sono e da cosa devi guardarti, e poi cosa odiare. Loro sono più subdole. A volte penso che siano state loro a invogliare il serpente, che è la metafora della ragione, a convincerle di rubare le mele.

Mi fece ridere, ma sembrava invece molto soddisfatto di quest'ultima frase, e questo mi fece ridere di più.

– A cosa pensi ora? – chiesi.

– A Capa che si era invaghito della Bergman che era una vera bellezza, te l'ho detto.

– Sì e mi piaceva molto. – dissi – La amavo, ma prima di lei mi ero innamorato della Garbo e amavo anche Cristina, una ragazzina che abitava dietro casa mia, mora snella e flessibile come un giunco, per usar parole tue.

– Parole mie. – tagliò la carne ma restò con la forchetta a mezz'aria e continuò a parlare – Capa fu mio amico e fece molte fotografie a me e ai ragazzi e a Martha. Mi piaceva perché era uno spirito libero e non badava al pericolo pur di fermare una situazione che lo prendeva. Si invaghì della Bergman ma mai quanto amava il suo lavoro e il pericolo, e questo per un po' fece presa sulla Bergman che era sposata ma libera anche lei, mentalmente voglio dire. Comunque ne soffrì quando la storia fra loro finì. Forse la pensava ancora quando saltò su una mina nei pressi di Hanoi. – portò la forchetta alla bocca e lo sguardo si fece tenero – Delle foto prese in Spagna nella guerra diceva: *Non servono trucchi, non occorre mettere in posa. Le immagini sono lì, basta scattarle. La miglior foto, la miglior propaganda, è la verità.* – abbassò gli occhi – Capisci?

– Sì. – dissi – Anche lui alla ricerca della verità ultima.

– Forse l'ha trovata, almeno lui. – mise in bocca la carne e masticò adagio.

– Qualcuno ti ha rimproverato la mancanza di impegno politico. La tua adesione alla causa spagnola è sembrata più di valore estetico che di coscienza politica. Una posizione individualista e superficiale, alla quale avresti aderito per il gusto dell'avventura e del pericolo, attratto dalla possibilità ben pagata di poter scrivere ancora di giornalismo.

Alzò le spalle.

– Una ingiustizia è una grossa porcheria da qualunque parte della barricata la guardi. L'americano è repubblicano e nessun totalitarismo potrà mai esserci in America per la nostra Dichiarazione. Allora che senso ha schierarsi di qui o di là? Non cambia nulla, e per riconoscere l'ingiustizia non serve, te l'ho già detto. La Spagna allora era il teatro in cui si scontrarono le ideologie totalitarie fasciste e comuniste, e io ero per la Repubblica e la Repubblica era aiutata dalla Russia. Qualcuno pensò che fossi comunista e non lo ero, ma l'FBI mi stette lo stesso addosso dopo la mia avventura spagnola, che fu forse un giudizio estetico come dici tu, perché amavo quel popolo così gentile e crudele, apatico per difesa, e infingardo per pigrizia.

Non feci altre osservazioni ma anche stavolta, come altre volte, si era limitato a rispondere soltanto a una parte della domanda.

– Niente obiezioni? – chiese sospettoso, e scossi la testa – Vorrei sapere cosa ti passa per la testa; se non fai indagini la cosa mi preoccupa. – commentò acido.

– Va bene. – pulii la bocca col tovagliolo – Hai un modo di rispondere che immagino sia stato affinato per prevenire le interviste e le argomentazioni scomode. Se ti collegassero alla macchina della verità riusciresti a fregarla non poche volte.

– Sei un avversario tosto. – borbottò.

– No, non lo sono. – osservai – Non un avversario, non un

critico, non un biografo. Non un turibolatore e nemmeno un detrattore. Sono tuo amico ora, e c'è un limite alle domande che si possono fare, anche fra amici; superarlo guasterebbe qualcosa che ora mi rende molto felice.

– Ma?

– Nessun ma, Ernie, dico sul serio. Desideravo conoscerti e me lo hai permesso; non hai detto sempre tutto come speravo, ma non mi aspettavo veramente che lo facessi; e in alcune risposte hai rivelato molto di te anche in quello che non hai detto, così è stato facile non violare il tuo riserbo. Sei stato sensibile, e il tuo affetto l'ho sentito. Di tutte le cose che potevano uscire da questo incontro, mai mi sarei aspettato tanto; al più un po' di cordialità.

– E tu? – chiese – Mi hai accettato come amico?

– Da anni. – lo guardai e annuii – Ti ho amato, Ernest, per i tuoi racconti; e non poteva essere altrimenti e non amare anche l'uomo che li ha scritti; ma fino a poco fa non sapevo se volevi anche tu l'amicizia, mi conosci da troppo poco, in definitiva.

– Al diavolo il tempo. – disse in un'improvvisa esplosione di contentezza – Non è l'unico ingrediente per conoscere le persone. Sono stato bene con te.

– Non ti preoccupano più le mie critiche? – lo canzonai, ma ora sapevo di non offenderlo.

– Non ne farai. Lo so e posso credere che mi vuoi bene.

12 – Conclusione

Ti sto parlando come se ti conoscessi da secoli. Accade sempre così quando due si capiscono.
(Per Chi Suona La Campana)

– È l'alba – guardai dalla finestra – Ma risparmiamoci la solita frase scontata che i sogni muoiono all'alba.

– E i generali. – borbottò, forse per prendermi in giro.

– Questo è un film di Gary Cooper.

– L'hai visto? – sorpreso chiese.

– Un vecchio film in bianco e nero. – annuii – Ho visto quasi tutti i suoi film. Mi piaceva.

Eravamo dove tutto era iniziato, la luce al centro fra noi e il resto attorno che poteva essere tutto o niente, e anche soltanto un palcoscenico o una sacrestia.

– Hai già cominciato a scrivere? – chiese – Mi piacerebbe leggere cosa hai messo di me.

– Ho soltanto degli appunti, per ora. – battei il dito sulla tempia – Qui.

– I miei amori? Le donne, o le balle?

– Oh, queste sono cose che puoi leggere ovunque. – alzai le spalle

– La mia vita avventurosa?

– In tema di vite avventurose ho spesso pensato che ci sia un filo che ti lega ad altri due grandi americani: Mark Twain e Jack London.

– *Tutta la letteratura moderna statunitense viene da un libro di Mark Twain, Huckleberry Finn*[39]. – alzò le spalle – Vuoi forse dire che noi americani non siamo capaci di stare a casa nostra? È questo che vuoi scrivere di me?

– Io voglio quello che non si legge ovunque. Magari lo si

------

39 cit.

intuisce ma non è scritto.

– Puoi farlo, non potrò più sbugiardarti.

– Oh insomma, non voglio distruggerti; hai la mia parola. – sbottai e mi piegai verso di lui – Per continuare ad amarti dovevo farti uscire dal mito e dalle molte cose dette da altri.

– Non ti ci vedo nei panni del salvatore di scrittori morti. – disse – Finora sembri più un becchino che fa l'inventario delle cose trovate addosso al morto.

Era tornato di cattivo umore, ma ora mi pareva di capire perché: era l'alba, la fine per me e la fine per lui.

– Ci resta ancora un po' di tempo. – dissi.

– Va bene. – annuì – Dove vuoi portarmi?

– Un poco più dentro, se me lo permetti.

– È tardi per chiedere se permetto. E comunque lo faresti lo stesso.

– Due delle tue mogli erano più vecchie di te. – ignorai la provocazione – So che è scontato, ma non ti suggerisce un rapporto non risolto con la madre?

– Era una bigotta intrisa di moralismo e distruggeva tutto quello che non voleva capire. – acido sentenziò – Il suo sogno era tagliare gli attributi ai maschi. Come la Stein.

– La Stein. – ripetei – Una specie di madre letteraria che alla fine hai contestato.

– È stata lei a cominciare pretendendo di plasmarmi, e poi a lamentarsene quando non le è riuscito. – offeso disse – E adesso parlami della tua.

– Non è interessante. – dissi, poi aggiunsi – Un rapporto conflittuale che a nessuno interesserà, mentre il tuo forse aiuterebbe a capire.

– Ebbe una relazione con una amica, finché mio padre fu costretto a metter fine allo scandalo. Questo lo minò dentro e alla fine riuscì a farlo fuori.

– L'ho letto da qualche parte. Ma con te? intendo dire c'è riuscita?

– Ho speso tutta la vita a dimostrare che ero un uomo.

– Sì. – insistei – Quindi un po' ci è riuscita.

– Maledizione, – sbottò – ci ha provato e con mio padre le è venuto piuttosto bene. Mi metteva vesti da bambina e mi fotografava così conciato. E più avanti contestò quello che scrivevo chiamandole sozzerie amorali. Ma è con il denaro dei miei racconti che ho risolto i problemi finanziari che ci furono dopo la morte di mio padre.

– È un segreto così brutto da nascondere con un mucchio di balle?

– Volevo affermare la mia identità. – spazientito disse – Forse mi servivano conferme. Dalle parti del lago Walloon se qualcuno era prepotente dovevi batterti o abbozzare per sempre, e questo forgia un po' il carattere, non credi?

– Non fu colpa tua, Ernest. – commentai: era un pensiero che da tempo cercavo di sviluppare – I genitori sono una cosa alla quale non ci si può ribellare quando si è piccoli, e dopo è troppo tardi; e tutto è contrabbandato sotto la voce amore. Nel rapporto con la famiglia nasce la conflittualità che ti porterai per sempre dentro. Nella realtà è a loro che vorrai sempre dimostrare quello che diventerai. Dire che fai le cose per te stesso è una delle più grandi balle che ti racconti.

– Non credi che c'entri un poco anche il destino? – chiosò ironico.

– Oh, credo moltissimo al destino, e anche che crederci ti sollevi da molte responsabilità che hai sempre creduto tue. Nascere in una famiglia o in un'altra è il primo passo che fai insieme al destino. – ci guardammo negli occhi – E la paura non è sempre negativa. Può salvarti la vita, o risparmiarti situazioni tragiche o imbarazzanti.

Non rispose, così continuai.

– Non ho esperienza diretta, ma ho sentito che spesso è proprio la paura della morte che spinge al suicidio, e forse le ragioni dei suicidi non sono molto diverse fra loro. Forse perdere la memoria e così la capacità di raccontare è stata la vera paura, quella che conta più di tutte le altre: di non essere più all'altezza di come credevi che ti volessero.

– Gli elettroshock. – mormorò – Li ho spesso incolpati ma qualcosa era cominciato già prima, e alla fine c'è rimasta da proteggere soltanto la mia credibilità: quello che ero stato e che volevo che restasse di me, dopo.

– Non è proprio così. – dissi adagio – Sei stato così grande che dopo molti ti hanno elogiato e altri denigrato. Nessuno se ne sarebbe curato se non fossi stato un maestro. Sei un bel guazzabuglio e ancora motivo di discussioni fra opposti schieramenti. E ancora si parla di te e credo che un mucchio di gente anche giovane ti conosca.

– Credi? – parve un po' interessato, ma poi crollò il capo e guardò a terra una macchia sul pavimento – Ho detestato i lamenti: trucchi da donna; ma quando nemmeno il whisky è servito più a tenere su l'impalcatura ho pianto.

– Beh, non è affatto un male esser sensibili. Non credi di aver disprezzato una dote che ti ha fatto diventare grande?

– Un uomo non piange come una checca, maledizione. – irritato rispose.

– Lo fa, quando è troppo il peso che ha addosso. Nella tua sete di dimostrare, di pesi ne hai portati molti. Ma siamo amici ora, quindi non serve più mostrarti un duro.

Tacque, e lo lasciai in pace perché pareva soffrire.

– Ho raccontato che le mie donne erano entusiaste di me e dei miei progressi, soprattutto Hadley. – riprese a dire – Ci piaceva quella vita da bohème, ma ero ancora un ragazzo e avevo come modello mia madre, una maledetta raddrizza-quadri-storti; credevo davvero che una moglie non dovesse essere confusa con le puttane. Ma loro ne sapevano più di me, e mi facevano sentire come il ragazzino al suo primo whisky, eccitato e ansioso di mostrare che lo può reggere, e con lo stomaco sottosopra dopo.

Sesso, alcool e virilità, pensai, *sempre qui siamo; e niente di tutto questo è semplice come talvolta ci hai fatto credere.*

– Possono essere così, perché no? – risposi invece – Sono umane, e anche loro hanno imparato con le regole di questa società. Forse quello che devono mostrare di essere prima di sposarsi non fa presagire quello che diventeranno dopo, ma non credo che giudichino soltanto come sai soddisfarle a letto. Mi sembra troppo facile, e sappiamo che non c'è mai niente di facile in queste faccende.

– Non ti accettano come sei.

– Ma quelle che lo fanno ti vogliono bene, e staranno con te tutta la vita; forse è più vero che noi non ci accettiamo come siamo e allora ci fanno da specchio; se sei sensibile e sai osservare magari intuirai qualcosa di questo, e sarai a disagio sempre.

– Vogliono esser prese, e ti apprezzano se le molli dopo, anche se le fa soffrire, dicono loro. – insisté con forza.

– È l'ultimo dialogo. – osservai – Possiamo vedere sotto la crosta del visibile o presunto tale? – mi parve seccato per esser stato contraddetto, ma poi alzò le mani e annuì.

– Magari vogliono un autentico uomo, come le donne di Petoskey; anche se le prende come sa farlo ma purché non abbia dubbi su di sé, sennò ti prevaricano e ti tirano in un gioco molto perverso.

– Ti stai riferendo a *Il Giardino Dell'Eden*?

– Un gioco molto castrante, vero? Dove il bambino vestito con abiti da bambina vede nella moglie qualcosa di quello che piace alla madre e si presta a rovesciare i ruoli, e se li fa piacere anche se con molti dubbi. A vent'anni non avresti scritto un racconto così: questo fa parte delle cose maturate dopo, del bisogno di dare una voce a quel disagio che ne alimenta altri fino a quando non decidi di andarlo a vedere; ed è la cosa più difficile anche se poi te ne libererai, perché

mette in dubbio molto di te stesso e di quello che credi di te.
E non è questione di ricchi che rovinano quello che non capiscono e nutrono la loro inutilità con i tuoi talenti. E nemmeno di Pauline che fece un lavoro su di te per farti lasciare Hadley e poi sposarti.

– Ma guarda. – ironico disse.

– Non so molto di queste cose, però sono convinto che la maggior parte delle turbe, se non tutte, venga da una errata visione del sesso, che è un tabù e si impara come si può. A noi maschi viene insegnato rudemente, e ancora oggi non so immaginarne un altro modo: si fa così e devi fare questo. E le donne imparano che siamo questo, terribilmente facili da governare. Non pochi, dopo la prima volta vorrebbero essere altrove, e invece sei lì.

Ascoltava serio, e mi sentii incoraggiato a seguitare.

– Poi, per essere accettato come uguale nel mondo dei sé dicenti uomini, direi una sorta di primus inter pares, dovrai raccontarla come si aspettano di sentirla raccontare; e più la monterai più saprà di balla, ma uguale a tutte le altre balle già sentite, perché di tutto quello che si può provare, per il popolo bue conta soltanto una buona lunga erezione. Ma se non è stata come doveva per le ragioni che nessuno vuole dire mai, il whisky e le balle non la faranno diventare buona.

Mi zittii e improvvisamente mi sentii pomposo. Ripensai a quello che avevo detto e ripresi a parlare, ma con un tono più dimesso.

– Siamo degli ignoranti che devono passare diversi gradi di istruzione fissati da altri e altri prima di loro fino a farne una catena di ovvietà. Essere uomini per la massa vuol dire questo, senza alcun conto per altri sentimenti e forse anche soltanto timide intuizioni non ancora definite. – mi sentivo sicuro delle mie parole – Non fa paura questo? Una squadra di "tutti per uno e uno per tutti" che mira allo scalpo pubico come unica meta della vita? scontati e prevedibili e soltanto questo?

Mi guardava e taceva. Stentavo a credere che non ci fosse arrivato da solo, e infine mi tornò alla mente il goffo dialogo sull'amore e le prostitute fra Frederic e Catherine, di notte nell'ospedale di Milano[40], e allora seppi che proprio perché c'era arrivato lo aveva delegato ai suoi protagonisti.

Mi vennero altri pensieri, e non saprei spiegare perché ma non temevo di dirli. Forse ora potevamo intenderci.

– Hai mai pensato che gli omosessuali si sono liberati da queste manifestazioni e forse hanno trovato altre verità? – abbassai la voce – Ma quello che si è imparato da subito è disprezzare l'omosessualità e averne paura, mentre magari lì potrebbe esserci una verità che nessuno di noi saprà mai vedere.

– Perché questa elegia dei pervertiti?

– Oh santissimo Iddio, Ernest, non mi riferisco ai viziosi pederasti, e lo hai capito benissimo. Risparmiamoci questa tirata contro i froci da mandare al confino. Non lo siamo, in qualche modo lo abbiamo mostrato, e così possiamo anche esser diversi dai beceri ignoranti che si vantano di avere un pinco fra le gambe. E sappiamo che i due affari che stanno sotto non sono soltanto la prova del coraggio di un uomo, come afferma El Sordo.

Mi parve piuttosto impressionato da questa ultima frase.

– Possiamo scherzarci sopra, e ridere fino alle lacrime e imitare le becere manifestazioni di tutti perché vediamo la parte comica della faccenda, – continuai con convinzione – ma non siamo obbligati a pensare come loro, nemmeno per sforzarci di piacere ed esser accettati. Se talvolta abbiamo più fregole degli altri, se ci facciamo prendere da qualche pensiero intrigante, non è mai per più tempo di quello che

---

40 *Addio Alle Armi*

serve, anche se per impararlo ci sono voluti molti sbagli e molti anni. Sappiamo riconoscere se qualcosa è oltre quello che il nostro limite ci dice; e se ci caschiamo, poi comunque sappiamo di esser stati agiti da qualcosa non veramente nostra: natura? suggestione? retaggio della cultura che ci ha violentati sin dall'inizio? Non lo so, e il male che riusciamo fare a noi stessi e agli altri non è mai poco. Perché lo fai è affar tuo, ma a chi lo fai è tutta un'altra faccenda. – sentii l'improvviso senso d'inutilità delle parole – Diamine, siamo qui per imparare e qualcuno è più zuccone di altri, ma se può lo deve fare.

– Ho pensato queste cose, ma è stato più semplice vedere nell'altro modo, come fanno tutti. – ammise con tristezza – Sostiene l'ego, e ciò che serve per delegare i sentimenti ai protagonisti. Forse la Stein aveva ragione: raccontare la mia vita sarebbe stato un gran romanzo se avessi detto meno balle e un po' più di me.

– Mm. E non vendere i milioni di copie che hai venduto? – mi mossi sulla poltroncina – Comunque la Stein non aveva ragione: era il suo modo di vedere le cose, e bisognerebbe imparare a rispettare anche quello degli altri. A me sta bene così, e quello che hai scritto; e mi ha detto un bel po' di te. Ma il mio vantaggio sta nell'aver letto i tuoi scritti e la tua vita raccontata da altri, per farmi la mia opinione. Se avessi vissuto un po' di più forse avresti capito che i tuoi carnefici erano vittime a loro volta, e che si può decidere di morire ma che orgoglio e paura non paiono buone ragioni; non da maschi comunque, forse più da "molto spaventati".

Non disse nulla.

– Perché andarsene a piedi nella pioggia dopo la morte di Catherine senza piangere? – proseguii – Rock Hudson nel film piange mentre le tiene la mano, eppure io ho sempre preferito la tua fine e ancora adesso non ne vorrei un'altra.

Non lo avevo mai toccato; ora mi venne di mettergli la

mano sul ginocchio, e poi pensai che avrebbe anche potuto spostarsi o ritrarsi o anche sono guardarmi male, ma non fece niente di tutto questo. Alzò soltanto gli occhi sui miei.

– Niente impedisce di andarsene piangendo, – mi piegai in avanti – tranne un codice di doveri alto una spanna che vorrebbero farci imparare e che è duro a morire a qualsiasi età. *Era come salutare una statua*, hai scritto. Una statua di cosa? Di un momento che c'è stato e non è durato perché noi, uomini e donne, siamo i commedianti forzati di una farsa scritta da chissachì? Questa da un po' di tempo penso che sia la vera tragedia della vita, Ernest: recitare una parte senza nemmeno chiedersi da chi è stata scritta, se da Dio o da qualche stronzo millantatore che pretende di parlare in suo nome.

– È così. – disse – E il *nada* è quello che segue la scoperta.

– Ci piacciono delle persone e non altre. – mi riappoggiai allo schienale della poltroncina – Magari le crediamo grandi se ci piacciono i loro lavori o se hanno idee affascinanti, e le vorremmo sempre a posto e inattaccabili; è una delusione talvolta scoprire che nella vita sono altro, insomma diversi da come li avremmo voluti.

Guardai il vuoto attorno e poi la luce sopra noi, e forse eravamo al centro di un palcoscenico spoglio ed essenziale, da monologhi.

– E alla lunga capisci che sono proiezioni tue, che ti sei creato una "imago" che non risponde alla verità. – continuai – E capisci che tu crei i miti o li distruggi, e che nessuno è degno di esser chiamato mito, anche se ci serve il mito. È come quando ti innamori, e vedi i difetti e ti dici che non contano. Conteranno dopo però, quando col tempo ti sarai affezionato, talvolta così profondamente da sentire il vuoto dentro per la delusione.

Si alzò dalla poltrona e guardò dalla finestra le luci che ora definivano meglio i contorni delle cose ancora al buio.

– Che cosa ti ha portato pensare così? – chiese e si voltò a guardarmi.

– L'amore. – dissi – Per te e per quel ragazzino di tredici anni che ti leggeva e voleva sapere di più, e che credeva che tu glielo potessi dire.

– L'ho fatto? – chiese – Ora puoi dirlo.

– C'è voluta una vita, non sempre di amore per via di un pessimismo cattolico che trova conveniente soffrire ma non approfondire troppo. – annuii, e mi faceva piacere dirglielo ora – Mi hai molto aiutato a riconoscermi, anche se non è ancora finita, e *It's a long way to Tipperary*.

Gli sorrisi e mi guardò dapprima serio, poi sorrise anche lui mentre si voltava di nuovo alla finestra.

– Non ho mai voluto imitarti. – dissi ancora – Ho preso in prestito alcuni schemi perché mi piacevano e pensavo che potessero rendere più facile esprimermi: che mi fossero più congeniali di quelli di altri; ma avevo cose mie da dire e le ho dette. Non ancora tutte ma qualcuna sì, e con un po' di fortuna forse potrò dirne altre. Ho imparato a tagliare frasi e anche pagine intere, ed è sempre difficile, anche se deve esser fatto. Questo grazie anche a te. – poggiai le mani sui braccioli e mi alzai.

– Non mi sono sentito mai plagiato dai tuoi scritti o dal tuo stile; aiutato, questo sì. – aggiunsi.

Rimase a lungo immobile a guardare l'alba dalla finestra.

– Sono le tue verità? – chiese infine.

– E chi lo sa... – sentivo la schiena indolenzita, perché la notte era stata lunga – Forse non lo saprò mai; forse non è tutto qui e forse nemmeno c'è la mia verità. Temo che sarà l'ultima fregatura.

– Non ti interessa più la mia? – mi guardò, ed eravamo in empatia come non mai. Non avrei potuto volergli più bene di così, e sapevo che non mi aveva detto tutto e non sempre tutta la verità ma sorrisi, ed ero sincero. Provavo un grande affetto: non era mutato rispetto a prima.

– Cantai una canzone imparata a Cortina, la sera prima di morire. – disse – Lo sai.

– È scritto nelle tue biografie. – annuii.

– *Tutti mi chiamano bionda* – canticchiò, e si voltò verso l'alba – *ma io bionda non sono / porto i capelli neri / porto i capelli neri.*

– Diavolo, Ernest. – esclamai con forza e gli andai vicino, ed ero molto leggero dentro – Va bene, figlio di puttana.

– *Tutti mi chiamano bionda* – intonai insieme a lui – *ma io bionda non sono / porto i capelli neri / neri come il carbon.*